Simone de Beauvoir

Une mort très douce

Gallimard

A ma sœur

Do not go gentle into that good night.
Old age should burn and rave at close of day;
Rage, rage against the dying of the light... [1].

Dylan Thomas.

Le jeudi 24 octobre 1963, à quatre heures de l'après-midi, je me trouvais à Rome, dans ma chambre de l'hôtel Minerva; je devais rentrer chez moi le lendemain par avion et je rangeais des papiers quand le téléphone a sonné. Bost m'appelait de Paris : « Votre mère a eu un accident », me dit-il. J'ai pensé : une auto l'a renversée. Elle se hissait péniblement de la chaussée sur le trottoir, appuyée sur sa canne, et une auto l'avait renversée. « Elle est tombée dans sa salle de bains; elle s'est cassé le col du fémur », me dit Bost. Il habitait dans le même immeuble qu'elle. La veille, vers dix heures du soir, montant l'escalier avec Olga, ils avaient remarqué trois personnes qui les précédaient : une dame et deux agents. « C'est au deuxième étage et demi », disait la dame. Était-il arrivé quelque chose à madame de Beauvoir? Oui. Une chute. Pendant deux heures elle avait rampé sur le plancher avant d'atteindre le téléphone; elle avait demandé à une amie, madame Tardieu, de faire enfoncer la porte. Bost et Olga avaient accompagné le groupe jusqu'à l'appartement. Ils avaient trouvé maman couchée par terre dans sa robe de chambre rouge en velours côtelé. La doctoresse Lacroix, qui loge dans la maison, avait diagnostiqué une rupture du col du fémur; transportée au service des urgences de l'hôpital Boucicaut, maman avait passé la nuit dans une salle commune. « Mais je l'emmène à la clinique C. », me dit Bost. « C'est là qu'opère un des meilleurs chirurgiens des os, le professeur B. Elle a protesté, elle avait peur que ça ne vous coûte trop cher. Mais j'ai fini par la convaincre. »

Pauvre maman! J'avais déjeuné avec elle à mon retour de Moscou, cinq semaines plus tôt; comme d'habitude elle avait mauvaise mine. Il y avait eu un temps, pas bien lointain, où elle se flattait de ne pas paraître son âge; maintenant on ne pouvait plus s'y tromper : c'était une femme de soixante-dix-sept ans, très usée. L'arthrose des hanches, qui s'était décla-

rée après la guerre, avait empiré d'année
en année, malgré les cures à Aix-les-Bains
et les massages : elle mettait une heure
à faire le tour d'un pâté de maisons.
Elle souffrait, elle dormait mal, en dépit
des six cachets d'aspirine qu'elle avalait
chaque jour. Depuis deux ou trois ans,
depuis l'hiver dernier surtout, je lui voyais
toujours ces cernes violets, ce nez pincé, ces
joues creuses. Rien de grave, disait son
médecin, le docteur D. : des troubles du
foie, de la paresse intestinale; il prescrivait
quelques drogues, de la confiture de tamarine contre la constipation. Je ne m'étonnai pas, ce jour-là, qu'elle se sentît « pa-
traque »; ce qui me peina, c'est qu'elle eût
passé un mauvais été. Elle aurait pu villé-
giaturer dans un hôtel ou dans un couvent
qui acceptait des pensionnaires. Mais elle
comptait être invitée, comme tous les ans,
à Meyrignac, par ma cousine Jeanne, à
Scharrachbergen où vivait ma sœur. Toutes
deux avaient eu des empêchements. Elle
était restée à Paris, vide, et où il pleuvait.
« Moi, qui n'ai jamais le cafard, je l'ai eu »,
me dit-elle. Heureusement, peu de temps
après mon passage, ma sœur l'avait reçue
en Alsace pendant deux semaines. Main-

tenant ses amis étaient à Paris, j'y revenais : sans cette fracture, je l'aurais certainement retrouvée ragaillardie. Elle avait le cœur en excellent état, une tension de jeune femme : je n'avais jamais redouté pour elle un accident brutal.

Je lui téléphonai vers six heures, à la clinique. Je lui annonçai mon retour, ma visite. Elle me répondit d'une voix incertaine. Le professeur B. prit l'appareil : il l'opérerait le samedi matin.

« Tu m'as laissée deux mois sans lettre! » me dit-elle quand je m'approchai de son lit. Je protestai : nous nous étions revues, j'avais écrit de Rome. Elle m'écouta d'un air incrédule. Son front, ses mains brûlaient; sa bouche un peu tordue articulait avec peine et il y avait du brouillard dans sa tête. Était-ce l'effet du choc? ou au contraire sa chute avait-elle été provoquée par une petite attaque? Elle avait toujours eu un tic. (Non, pas toujours, mais depuis longtemps. Depuis quand?) Elle clignait des yeux, ses sourcils se relevaient, son front se plissait. Pendant ma visite, cette agitation ne cessa pas un instant. Et quand elles retombaient, ses paupières lisses et bombées recouvraient entièrement ses prunelles. Le docteur J., un assistant, est passé : l'opération était inutile, le fémur ne s'était pas déplacé, trois mois de repos et il se ressouderait. Maman parut soulagée. Elle raconta, avec désordre : son effort pour atteindre le téléphone, son angoisse; la gentillesse de Bost et d'Olga. Elle avait été amenée à Boucicaut en robe de chambre, sans aucun bagage. Olga le lendemain lui avait apporté des affaires de toilette, de l'eau de Cologne, une jolie liseuse en lainage blanc. A ses remerciements, Olga avait répondu : « Mais, madame, c'est par affection. » Maman répéta plusieurs fois d'un air rêveur et pénétré : « Elle m'a dit : c'est par affection. »

« Elle avait l'air si confuse de déranger, si éperdument reconnaissante de ce qu'on faisait pour elle : elle fendait le cœur », m'a dit Olga le soir. Elle me parla, avec indignation, du docteur D. Vexé qu'on eût fait appel à la doctoresse Lacroix, il avait refusé de passer voir maman à Boucicaut le jeudi. « Je suis restée pendue vingt minutes à son téléphone, me dit Olga. Après ce choc, après sa nuit à l'hôpital, votre mère aurait eu besoin d'être réconfortée par son médecin habituel. Il n'a rien voulu savoir. » Bost ne pensait pas que maman ait eu une attaque : quand il l'avait relevée, elle était un peu égarée, mais lucide. Cependant il doutait qu'elle se rétablît en trois mois : en soi, la rupture du col du fémur, c'est sans gravité; mais une longue immobilité provoque des escarres qui, chez les vieillards, ne se cicatrisent pas. La position couchée fatigue les poumons : le malade attrape une fluxion de poitrine qui l'emporte. Je m'émus peu. Malgré son infirmité, ma mère était solide. Et, somme toute, elle avait l'âge de mourir.

Bost avait prévenu ma sœur avec qui j'eus au téléphone une longue conversation : « Je m'y attendais! » me dit-elle. En Alsace, elle avait trouvé maman si vieillie, si affaiblie, qu'elle avait dit à Lionel : « Elle ne passera pas l'hiver. » Une nuit maman avait eu de violentes douleurs abdominales : elle avait failli demander qu'on la conduise à l'hôpital. Mais, le matin, elle était remise. Et quand ils la ramenèrent en voiture, « enchantée, ravie » — comme elle disait — de son séjour, elle avait repris des forces et de la gaieté. Au milieu d'octobre cependant, environ dix jours avant son avarie, Francine Diato avait appelé ma sœur : « J'ai déjeuné tout à l'heure chez votre mère. Je l'ai trouvée si mal que j'ai voulu vous avertir. » Venue aussitôt à Paris sous un faux prétexte, ma sœur avait accompagné maman chez un radiologue. Après l'examen des clichés son médecin avait catégoriquement affirmé : « Il n'y a pas lieu de vous inquiéter. Une espèce de poche s'est formée dans l'intestin, une poche fécale, qui rend l'évacuation difficile. Et puis votre mère mange trop peu, ce qui risque d'entraîner des carences : mais elle n'est pas en danger. » Il avait conseillé à maman de mieux se nourrir et lui avait ordonné de nouveaux remèdes, très énergiques. « Tout de même, j'étais inquiète », m'a dit Poupette. « J'ai supplié maman de prendre une garde de nuit. Elle n'a jamais voulu : une inconnue couchant chez elle, elle ne supportait pas cette idée. » Poupette et moi nous convînmes qu'elle viendrait à Paris deux semaines plus tard, au moment où je comptais partir pour Prague.

Le lendemain, la bouche de maman était encore déformée, sa diction embarrassée; ses longues paupières voilaient ses yeux, et ses sourcils tressautaient. Son bras droit,

17

qu'elle s'était cassé vingt ans plus tôt en tombant de bicyclette, s'était mal raccommodé; sa récente chute avait abîmé son bras gauche : elle pouvait à peine les remuer. Heureusement, on la soignait avec une minutieuse sollicitude. Sa chambre donnait sur un jardin, loin des bruits de la rue. On avait déplacé le lit, on l'avait disposé le long de la paroi parallèle à la fenêtre, de manière que le téléphone, fixé au mur, se trouvât à portée de sa main. Le buste soutenu par des oreillers, elle était assise plutôt que couchée : ses poumons ne se fatigueraient pas. Son matelas pneumatique, relié à un appareil électrique, vibrait et la massait : ainsi les escarres seraientelles évitées. Une kinésithérapeute, chaque matin, faisait travailler ses jambes. Les dangers signalés par Bost semblaient conjurés. De sa voix un peu endormie, maman me dit qu'une femme de chambre lui coupait sa viande, l'aidait à manger, et que les repas étaient excellents. Tandis qu'à Boucicaut on lui avait servi du boudin aux pommes! « Du boudin! à des malades! » Elle parlait avec plus d'abondance que la veille. Elle ressassait les deux heures d'angoisse où elle s'était traînée par terre, se demandant si elle réussirait à attraper le fil du téléphone et à attirer l'appareil jusqu'à elle. « Un jour, j'avais dit à madame Marchand, qui vit seule, elle aussi : Heureusement, il y a le téléphone. Et elle m'avait répondu : Encore faut-il pouvoir l'atteindre. » D'un ton sentencieux, maman répéta plusieurs fois ces derniers mots; elle ajouta : « Si je n'y étais pas arrivée, j'étais fichue. »

Aurait-elle pu crier assez fort pour être entendue? Non, sans doute. J'imaginais sa détresse. Elle croyait au ciel; mais malgré son âge, ses infirmités, ses malaises, elle était farouchement accrochée à la terre et elle avait de la mort une horreur animale. Elle avait raconté à ma sœur un cauchemar qui se reproduisait souvent : « On me poursuit, je cours, je cours, et je bute contre un mur; il faut que je saute ce mur, et je ne sais pas ce qu'il y a derrière; j'ai peur. » Elle lui avait dit aussi : « La mort elle-même ne m'effraie pas : j'ai peur du saut. » Tandis qu'elle rampait sur le plancher, elle avait cru que le moment de sauter était venu. Je lui ai demandé : « Tu as dû te faire très mal en tombant? — Non. Je ne me rappelle pas. Je n'avais même pas mal. » Donc, elle a perdu conscience, pensai-je. Elle se souvenait d'avoir éprouvé un vertige; elle ajouta que quelques jours plus tôt, après avoir pris un de ses nouveaux médicaments, elle avait senti ses jambes se dérober : elle avait eu juste le temps de s'étendre sur son divan. Je regardai avec méfiance les flacons qu'elle s'était fait apporter de son domicile — avec divers autres objets — par notre jeune cousine Marthe Cordonnier. Elle tenait à continuer ce traitement : était-ce opportun?

Le professeur B. vint la voir en fin de journée et je le suivis dans le corridor : une fois rétablie, me dit-il, ma mère ne marcherait pas plus mal qu'auparavant : « Elle pourra reprendre sa petite vie. » Ne pensait-il pas qu'elle avait eu une syncope? Il n'en pensait rien. Il parut déconcerté quand je l'avisai qu'elle souffrait de troubles intestinaux. Boucicaut avait signalé une rupture du col du fémur et il s'en était tenu là. Il la ferait examiner par un médecin de médecine générale.

« Tu marcheras exactement comme avant, dis-je à maman. Tu pourras reprendre ta vie. — Ah! je ne remettrai plus les pieds dans cet appartement. Je ne veux plus le revoir. Jamais. Pour rien au monde! »

Cet appartement : elle en avait été si fière! Elle avait pris en grippe celui de la rue de Rennes que mon père vieillissant, devenu hypocondriaque, remplissait des éclats de sa mauvaise humeur. Après sa mort — suivie de près par celle de bonne-maman — elle avait voulu rompre avec ses souvenirs. Des années plus tôt, une de ses amies avait emménagé dans un atelier, et maman avait été éblouie par ce modernisme. Pour les raisons qu'on sait, on trouvait facilement à se loger, en 42, et elle put réaliser son rêve : elle loua un studio avec une loggia, rue Blomet. Elle vendit le bureau en poirier noirci, la salle à manger Henri II, le lit nuptial, le piano à queue; elle garda les autres meubles et un morceau de la vieille moquette rouge. Elle accrocha aux murs des tableaux de ma sœur. Dans sa chambre elle installa un divan. Elle montait et descendait alors allégrement l'escalier intérieur. En fait, je ne trouvais pas cet endroit très gai : situé à un deuxième étage, il y entrait peu de lumière malgré les grandes verrières.

Dans les pièces du haut — chambre, cuisine, salle de bains — il faisait toujours sombre. C'était là que maman se tenait depuis que chaque marche de l'escalier lui arrachait un gémissement. En vingt ans, les murs, les meubles, le tapis, tout s'était sali et usé. Maman avait envisagé de se retirer dans une maison de repos quand, en 1960, l'immeuble avait changé de propriétaire et qu'elle s'était crue menacée d'expulsion. Elle n'avait rien trouvé qui lui convînt, et puis elle était attachée à son chez-soi. Ayant appris qu'on n'avait pas le droit de l'en chasser, elle était restée rue Blomet. Mais à présent, ses amies, moi-même, nous allions chercher une maison de retraite agréable où elle s'installerait dès qu'elle serait guérie : « Tu ne retourneras jamais rue Blomet, je te le promets », lui dis-je.

Le dimanche, elle avait encore les yeux mi-clos, la mémoire assoupie, et les mots tombaient de sa bouche en gouttes pâteuses. Elle m'a de nouveau décrit son « calvaire ». Quelque chose tout de même la réconfortait : qu'on l'eût transportée dans cette clinique dont elle surestimait les vertus. « A Boucicaut, ils m'auraient opérée hier! Ici, il paraît que c'est la meilleure clinique de Paris. » Et comme le plaisir d'approuver n'était complet pour elle que s'il se doublait d'une condamnation, elle ajoutait, faisant allusion à un établissement voisin : « C'est beaucoup mieux que la clinique G. On m'a dit que la clinique G. n'est pas bien du tout! »

« Depuis longtemps je n'avais pas si bien dormi », me dit-elle le lundi. Elle avait retrouvé son visage normal, une voix nette, et ses yeux voyaient. Ses souvenirs étaient en ordre. « Il faudra envoyer des fleurs à la doctoresse Lacroix. » Je promis de m'en charger. « Et les agents? est-ce qu'il ne faut pas leur donner quelque chose? Je les ai dérangés. » J'eus du mal à la dissuader. Elle s'est appuyée contre ses oreillers, elle m'a regardée dans les yeux et elle m'a dit avec décision : « Vois-tu, j'ai abusé; je me suis trop fatiguée; j'ai été au bout de mon rouleau. Je ne voulais pas admettre que j'étais vieille. Mais il faut savoir regarder les choses en face; dans quelques jours, j'ai soixante-dix-huit ans, c'est un grand âge. Je dois m'organiser en conséquence. Je vais tourner une page. »

Je l'ai considérée avec admiration. Elle

s'était longtemps obstinée à se croire jeune. A une phrase maladroite de son gendre, elle avait répliqué un jour d'une voix fâchée : « Je le sais, que je suis vieille, et ça m'est assez désagréable : je ne veux pas qu'on me le rappelle. » Soudain, émergeant des brumes où elle avait flotté pendant trois jours, elle trouvait la force d'affronter, lucide et résolue, ses soixante-dix-huit ans. « Je vais tourner une page. »

Elle avait tourné une page avec un étonnant courage après la mort de mon père. Elle en avait eu un violent chagrin. Mais elle ne s'était pas enlisée dans son passé. Elle avait profité de sa liberté retrouvée pour se reconstruire une existence conforme à ses goûts. Papa ne lui laissait pas un sou et elle avait cinquante-quatre ans. Elle avait passé des examens, fait des stages, et obtenu un certificat qui lui avait permis de travailler comme aide-bibliothécaire dans les services de la Croix-Rouge. Elle avait réappris à monter à bicyclette pour se rendre à son bureau. Après la guerre, elle comptait faire de la couture à domicile. Je m'étais alors trouvée en mesure de l'aider. Mais l'oisiveté ne lui convenait pas. Avide de vivre enfin à sa guise, elle s'était inventé une foule d'activités. Elle s'était occupée bénévolement de la bibliothèque d'un préventorium, aux environs de Paris, puis de celle d'un cercle catholique de son quartier. Elle aimait manipuler des livres, les couvrir, les classer, tenir des fiches, donner des conseils aux lecteurs. Elle étudiait l'allemand, l'italien, entretenait son anglais. Elle brodait dans des ouvroirs, elle participait à des ventes de charité, elle suivait des conférences. Elle s'était fait un grand nombre de nouvelles amies; elle avait renoué aussi avec d'anciennes relations et des parents que la morosité de mon père avait éloignés. Elle les réunissait gaiement dans son studio. Elle avait pu enfin satisfaire un de ses désirs les plus obstinés : voyager. Elle luttait pied à pied contre l'ankylose qui raidissait ses jambes. Elle alla voir ma sœur à Vienne, à Milan. L'été, elle trottinait à travers les rues de Florence et de Rome. Elle visitait les musées de Belgique et de Hollande. Ces derniers temps, presque paralysée, elle avait renoncé à courir le monde. Mais quand des amis, des cousins l'invitaient à la campagne ou en province, rien ne l'arrêtait : elle n'hésitait pas à se faire hisser dans le train par le contrôleur. Sa plus grande joie c'était de rouler en auto. Récemment sa petite-nièce, Catherine, l'avait amenée à Meyrignac, de nuit en 2 CV : plus de 450 km. Elle était descendue de voiture fraîche comme une fleur.

Sa vitalité m'émerveillait et je respectais sa vaillance. Pourquoi, aussitôt la parole retrouvée, prononçait-elle des mots qui me glaçaient? Évoquant sa nuit à Boucicaut, elle me dit : « Les femmes du peuple, tu sais comment elles sont : elles geignent. » « Les infirmières, dans les hôpitaux, elles ne travaillent que pour l'argent. Alors... » C'étaient des phrases routinières, mécaniques comme la respiration, mais tout de même animées par sa conscience : impossible de les entendre sans gêne. Je m'attristais du contraste entre la vérité de son corps souffrant et les billevesées dont sa tête était farcie.

La kinésithérapeute s'approcha du lit, rabattit le drap, empoigna la jambe gauche de maman : sa chemise de nuit ouverte, celle-ci exhibait avec indifférence son ventre froissé, plissé de rides minuscules, et son pubis chauve. « Je n'ai plus aucune pudeur », a-t-elle dit d'un air surpris. « Tu as bien raison », lui dis-je. Mais je me détournai et je m'absorbai dans la contemplation du jardin. Voir le sexe de ma mère : ça m'avait fait un choc. Aucun corps n'existait moins pour moi — n'existait davantage. Enfant, je l'avais chéri; adolescente, il m'avait inspiré une répulsion inquiète; c'est classique; et je trouvai normal qu'il eût conservé ce double caractère répugnant et sacré : un tabou. Tout de même, je m'étonnai de la violence de mon déplaisir. Le consentement insouciant de ma mère l'aggravait; elle renonçait aux interdits, aux consignes qui l'avaient opprimée pendant toute sa vie; je l'en approuvais. Seulement, ce corps, réduit soudain par cette démission à n'être qu'un corps, ne différait plus guère d'une dépouille : pauvre carcasse sans défense, palpée, manipulée par des mains professionnelles, où la vie ne semblait se prolonger que par une inertie stupide. Pour moi, ma mère avait toujours existé et je n'avais jamais sérieusement pensé que je la verrais disparaître un jour, bientôt. Sa fin se situait, comme sa naissance, dans un temps mythique. Quand je me disais : elle a l'âge de mourir, c'étaient des mots vides, comme

27

tant de mots. Pour la première fois, j'apercevais en elle un cadavre en sursis.

Le lendemain matin, j'allai acheter les chemises de nuit réclamées par les infirmières : courtes, sinon des plis se forment sous les fesses et provoquent des escarres. « Vous voulez des nuisettes? des chemises baby-doll? » me demandaient les vendeuses. Je palpais des lingeries aussi frivoles que leur nom, aux nuances tendres, mousseuses, faites pour des corps jeunes et gais. C'était une belle journée d'automne, au ciel bleu : je marchais à travers un monde couleur de plomb et je me rendis compte que l'accident de ma mère me frappait beaucoup plus que je ne l'avais prévu. Je ne savais pas trop pourquoi. Il l'avait arrachée à son cadre, à son rôle, aux images figées dans lesquelles je l'emprisonnais. Je la reconnaissais dans cette alitée, mais je ne reconnaissais pas la pitié ni l'espèce de désarroi qu'elle suscitait en moi. Je finis par me décider pour des chemises « trois quarts », roses, avec des pois blancs.

Le docteur T. chargé de surveiller l'état général de maman vint la voir pendant ma visite. « Il paraît que vous mangez

28

trop peu? — Cet été j'étais cafardeuse. Je n'avais pas le courage de manger. — Ça vous ennuyait de cuisiner? — C'est-à-dire, je me préparais de bons petits plats : et puis je n'y touchais pas. — Ah! alors, ce n'était pas de la paresse : vous vous prépariez de bons petits plats? » Maman s'est concentrée : « Une fois, je me suis fait un soufflé au fromage : après deux cuillerées, c'était fini. — Je vois », a dit le médecin en souriant avec condescendance.

Le docteur J., le professeur B., le docteur T. : tirés à quatre épingles, lotionnés, bouchonnés, ils se penchaient de très haut sur cette vieille femme mal peignée, un peu hagarde; des messieurs. Je reconnaissais cette futile importance : celle des magistrats des Assises en face d'un accusé qui joue sa tête. « Vous vous prépariez de bons petits plats? » Il n'y avait pas lieu de sourire quand maman s'interrogeait avec une confiante bonne volonté : elle jouait sa santé. Et de quel droit B. m'avait-il dit : « Elle pourra reprendre sa *petite* vie »? Je récusais ses mesures. Quand par la bouche de ma mère c'était cette élite qui parlait, je me hérissais; mais je me sentais solidaire de l'infirme clouée sur ce lit et qui luttait pour faire reculer la paralysie, la mort.

J'avais en revanche de la sympathie pour les infirmières; liées à leur malade par la familiarité des corvées, pour celle-ci humiliantes, pour elles répugnantes, l'intérêt qu'elles lui témoignaient avait au moins les apparences de l'amitié. Jeune, belle, compétente, mademoiselle Laurent, la kinésithérapeute, savait encourager maman, la mettre en confiance, l'apaiser, sans jamais prendre sur elle de supériorité.

« On vous radiographiera demain l'estomac », conclut le docteur T. Maman s'agita : « Alors vous me ferez avaler cette drogue, tellement désagréable. — Pas si désagréable que ça! — Oh! si! » Seule avec moi, elle s'est lamentée : « Tu ne sais pas comme c'est mauvais! ça a un goût affreux! — N'y pense pas d'avance. » Mais elle ne pouvait penser à rien d'autre. Depuis son entrée en clinique, la nourriture était sa principale préoccupation. Son anxiété infantile me surprit tout de même. Elle avait encaissé sans grimace bien des malaises et des douleurs. La peur d'un médicament déplaisant masquait-elle une inquiétude plus profonde? Sur le moment je ne me le demandai pas.

La séance de radiographie — estomac, poumons — s'était passée sans histoire, me dit-on le lendemain, et rien ne clochait. Le visage calmé, vêtue d'une chemise rose à pois blancs et de la liseuse prêtée par Olga, ses cheveux ramassés en une grosse natte, maman n'avait plus l'air d'une malade. Elle avait retrouvé l'usage de son bras gauche. Elle dépliait un journal, ouvrait un livre, décrochait le téléphone sans secours. Mercredi. Jeudi. Vendredi. Samedi. Elle faisait des mots croisés, elle lisait un ouvrage sur *Voltaire amoureux* et la chronique où Jean de Léry raconte son expédition au Brésil; elle feuilletait *Le Figaro*, *France-Soir*. Je venais chaque matin; je ne restais qu'une heure ou deux; elle ne souhaitait pas me garder davantage; elle recevait beaucoup de visites et parfois même elle s'en plaignait : « J'ai eu trop de monde aujourd'hui. » La chambre était pleine de fleurs : cyclamens, azalées, roses, anémones; sur sa table de chevet s'amoncelaient des boîtes de pâtes de fruits, de chocolats, de berlingots. Je lui demandais : « Tu ne t'ennuies pas? — Oh! non! » Elle découvrait le plaisir d'être servie, soignée, bichonnée. Avant, c'était pour elle un dur

31

effort que d'enjamber, en s'aidant d'un escabeau, le rebord de sa baignoire; enfiler ses bas exigeait une douloureuse gymnastique. Maintenant, matin et soir une infirmière la frottait d'eau de Cologne et la saupoudrait de talc. On lui apportait ses repas sur un plateau : « Il y a une infirmière qui m'agace, me disait-elle. Elle me demande dans combien de temps je compte partir. Mais je ne veux pas partir. » Quand on lui annonçait que bientôt elle pourrait s'asseoir dans un fauteuil, qu'on la transférerait ensuite dans une maison de convalescence, elle s'assombrissait : « On va me trimbaler, me bousculer. » Par moments, cependant, elle s'intéressait à son avenir. Une amie lui avait parlé de maisons de retraite situées à une heure de Paris : « Personne ne viendra me voir, je serai trop seule! » avait-elle dit d'un air malheureux. Je l'avais assurée qu'elle n'aurait pas à s'exiler et je lui avais montré la liste des adresses que j'avais récoltées. Elle s'imaginait volontiers lisant ou tricotant au soleil dans le parc d'une pension de Neuilly. Avec un peu de regret, mais aussi de malice, elle me disait : « Ils vont être désolés dans le quartier, de ne plus me voir. Ces

dames du Cercle, je vais leur manquer. »
Une fois elle me déclara : « J'ai trop vécu
pour les autres. Maintenant je vais devenir
une de ces vieilles dames égoïstes qui ne
vivent que pour elles-mêmes. » Une chose
l'inquiétait : « Je ne serai plus capable de
faire ma toilette. » Je la tranquillisai : une
garde, une infirmière s'en chargerait. En
attendant, elle se prélassait avec délices
dans un des lits de « la meilleure clinique
de Paris, tellement meilleure que la clinique G. ». On la suivait de près. Outre
les radios, on lui avait fait plusieurs prises
de sang : tout était normal. Le soir, elle
avait un peu de fièvre; j'aurais voulu savoir pourquoi, mais les infirmières semblaient n'y attacher aucune importance.

« Hier, j'ai vu trop de gens, ils m'ont
fatiguée », me dit-elle le dimanche. Elle
était de mauvaise humeur. Ses infirmières
ordinaires étaient de sortie; une novice
avait renversé le « haricot » plein d'urine;
le lit avait été trempé, et même le tra-
versin. Elle fermait souvent les yeux et ses
souvenirs s'embrouillaient. Le docteur T.
déchiffrait mal les clichés communiqués
par le docteur D. et on devait le lendemain
procéder à une nouvelle radio des intes-

tins : « On me fera un lavement au baryte : c'est douloureux! » me dit maman. « Et on va encore me secouer, me transbahuter : je voudrais tant qu'on me laisse tranquille! » Je serrais sa main moite, un peu froide : « N'y pense pas d'avance. Ne sois pas anxieuse. L'anxiété te fait du mal. » Peu à peu elle s'est rassérénée, mais elle semblait plus faible que la veille. Des amies ont téléphoné, j'ai répondu. « Eh bien! lui ai-je dit. Ça n'arrête pas. La reine d'Angleterre ne serait pas plus gâtée : des fleurs, des lettres, des bonbons, des coups de téléphone! Il y en a des gens qui pensent à toi! » Je tenais sa main fatiguée; elle a gardé les yeux fermés, mais sur sa bouche triste un sourire a perlé : « On m'aime parce que je suis gaie. »

Elle attendait beaucoup de visites le lundi et j'avais à faire. Je ne suis venue que le mardi matin. J'ai poussé la porte et je me suis figée sur place. Maman, si maigre, semblait s'être encore amaigrie et recroquevillée : fendillé, desséché, un morceau de sarment rosâtre. D'une voix un peu égarée, elle a murmuré : « Ils m'ont complètement déshydratée. » Elle avait attendu jusqu'au soir qu'on la radiographiât, et pendant vingt heures on ne lui avait pas permis de boire. Le lavement au baryte n'avait pas été pénible; mais la soif et l'anxiété l'avaient exténuée. Son visage avait fondu, le malheur le crispait. Que disaient les radios? « Nous ne savons pas les lire », m'ont répondu les infirmières d'un air effarouché. Je suis parvenue à voir le docteur T. Cette fois encore, les indications étaient confuses; pas de « poche », selon lui, mais l'intestin était noué par des spasmes, d'origine nerveuse, qui depuis la veille l'empêchaient de fonctionner. Optimiste avec entêtement, ma mère était cependant une nerveuse, une anxieuse : c'est ce qui expliquait ses tics. Trop épuisée pour recevoir des visites, elle me pria de décommander par téléphone le père P., son confesseur. Elle me parla à peine et ne s'arracha pas un sourire.

« A demain soir », lui dis-je en partant. Ma sœur arrivait dans la nuit et se rendrait à la clinique le matin. A neuf heures du soir, mon téléphone a sonné. C'était le professeur B. « Êtes-vous d'accord pour que je place une garde de nuit auprès de Madame votre mère? Elle ne va pas bien. Vous comptiez ne venir que demain soir :

il vaudrait mieux être là dès le matin. »
Il finit par me dire qu'une tumeur bloquait l'intestin grêle : maman avait un cancer.

Un cancer. C'était dans l'air. Et même ça sautait aux yeux : ces cernes, cette maigreur. Mais son médecin avait écarté cette hypothèse. Et c'est bien connu : les parents sont les derniers à admettre que leur fils est fou, les enfants que leur mère a un cancer. Nous y croyions d'autant moins qu'elle en avait eu peur toute sa vie. A quarante ans, si elle se cognait la poitrine contre un meuble, elle s'affolait : « Je vais avoir un cancer au sein. » L'hiver passé, un de mes amis avait été opéré d'un cancer à l'estomac : «C'est ce qui va m'arriver à moi aussi. « J'avais haussé les épaules : il y a une sérieuse différence entre un cancer et une paresse intestinale qui se traite avec de la confiture de tamarine. Nous n'imaginions pas que l'obsession de maman pût jamais se trouver justifiée. Pourtant — elle nous l'a dit plus tard — c'est à un cancer que Francine Diato avait pensé : « J'ai reconnu ce masque. Et aussi, a-t-elle ajouté, cette odeur. » Tout s'éclairait. La crise de maman en Alsace provenait de sa tumeur. Le cancer avait provoqué sa syncope, sa chute. Et ces deux semaines de lit avaient précipité l'occlusion intestinale dont elle était menacée depuis longtemps.

Poupette, qui avait plusieurs fois téléphoné à maman, la croyait en excellente santé. Plus intime avec elle que moi, elle lui était aussi plus attachée. Je ne pouvais pas la laisser arriver à la clinique et découvrir abruptement un visage de moribonde. Je l'appelai, peu après l'arrivée de son train, chez les Diato. Elle dormait déjà : quel réveil!

Il y avait grève des transports, du gaz, de l'électricité, ce mercredi 6 novembre. J'avais demandé à Bost de venir me chercher en voiture. Avant son arrivée, le professeur B. m'a de nouveau téléphoné : maman avait vomi toute la nuit; elle ne passerait sans doute pas la journée.

Les rues étaient moins embouteillées que je ne l'avais craint. Vers dix heures j'ai retrouvé Poupette devant la porte de la chambre 114. Je lui ai répété les paroles du professeur B. Depuis le début de la matinée, m'apprit-elle, un réanimateur, le docteur N., s'occupait de maman; il allait lui mettre une sonde dans le nez pour lui nettoyer l'estomac : « Mais à quoi bon la tourmenter, si elle est perdue? Qu'on la laisse mourir tranquille », me dit Poupette en larmes. Je l'envoyai rejoindre Bost qui attendait dans le hall : il l'emmènerait prendre un café. Le docteur N. passa devant moi, il allait entrer dans la chambre, je l'arrêtai : en blouse blanche, coiffé d'un calot blanc, c'était un homme jeune, au visage fermé : « Pourquoi cette sonde? pourquoi torturer maman, puisqu'il n'y a plus d'espoir? » Il m'a foudroyée du regard : « Je fais ce que je dois faire. » Il a poussé la porte. Au bout d'un moment une infirmière m'a dit d'entrer.

Le lit avait repris sa position normale, au milieu de la pièce, la tête contre le mur. Sur la gauche, relié au bras de maman, il y avait un goutte-à-goutte. De son nez sortait un tuyau en plastique transparent qui, à travers des machineries compliquées, aboutissait à un bocal. Ses narines étaient pincées, son visage s'était encore ratatiné; il avait un air de docilité désolée. Dans un murmure, elle me dit que la sonde ne la gênait pas trop, mais que pendant la nuit elle avait beaucoup souffert.

Elle avait soif et ne devait pas boire; l'infirmière approchait de sa bouche une pipette qui plongeait dans un verre d'eau; maman s'humectait les lèvres, sans avaler; j'étais fascinée par ce mouvement de succion, à la fois avide et retenu, par cette lèvre ombragée d'un léger duvet, qui se gonflait comme elle se gonflait dans mon enfance quand maman était mécontente ou gênée. « Vous vouliez qu'on lui laisse ça dans l'estomac? » me dit N. d'un ton agressif en désignant le bocal plein de matières jaunâtres. Je ne répondis rien. Dans le corridor, il me dit : « A l'aube, il lui restait à peine quatre heures de vie. Je l'ai ressuscitée. » Je n'osai pas lui demander : pourquoi?

Consultation de spécialistes. Ma sœur est à côté de moi pendant qu'un médecin et un chirurgien, le docteur P., palpent l'abdomen gonflé. Maman gémit sous leurs doigts, elle crie. Piqûre de morphine. Elle gémit encore. Nous demandons : « Faites une autre piqûre! » Ils objectent qu'un excès de morphine paralyserait l'intestin. Qu'espèrent-ils donc? L'électricité est coupée, à cause de la grève, ils ont envoyé un échantillon de sang à l'hôpital américain qui possède un groupe électrogène. Pensent-ils à une opération? Ce n'est guère possible, la malade est trop faible, me dit le chirurgien en sortant de la chambre. Il s'éloigne, et une infirmière âgée, madame Gontrand, qui l'a entendu, me dit dans un élan : « Ne la laissez pas opérer! » Puis elle met la main sur sa bouche : « Si le docteur N. savait que je vous ai dit ça! Je vous ai parlé comme s'il s'agissait de ma propre mère. » Je l'interroge : « Qu'arrivera-t-il si on l'opère? » Mais elle s'est refermée, elle ne me répond pas.

Maman s'était endormie; je suis partie en laissant à Poupette des numéros de téléphone. Quand elle m'a appelée chez Sartre, vers cinq heures, il y avait de l'espoir dans sa voix : « Le chirurgien veut tenter l'opération. Les analyses du sang sont très encourageantes; elle a repris des forces, le cœur tiendra. Et après tout il n'est pas absolument certain qu'il s'agisse d'un cancer : peut-être est-ce une simple péritonite. En ce cas, elle a sa chance. Tu es d'accord? — *(Ne la laissez pas opérer.)* Je suis d'accord. A quelle heure? — Viens dès deux heures. On ne lui dira pas qu'on l'opère, mais qu'on refait une radio. »

« Ne la laissez pas opérer. » Fragile argument contre la décision d'un spécialiste, contre les espoirs de ma sœur. Maman ne se réveillerait pas? Ce n'était pas la pire des solutions. Et je ne supposais pas qu'un chirurgien prît ce risque : elle réchapperait. L'opération précipiterait l'évolution du mal? C'était sans doute ce qu'avait voulu dire madame Gontrand. Mais au point où en était l'occlusion intestinale, maman ne survivrait pas trois jours et je redoutais que son agonie ne fût atroce.

Une heure plus tard, Poupette, au bout du fil, sanglotait : « Viens tout de suite. Ils ont ouvert; ils ont trouvé une énorme tumeur, cancéreuse... » Sartre est descendu avec moi, il m'a accompagnée en taxi jusqu'à la clinique. J'avais la gorge nouée d'angoisse. Un infirmier m'a indiqué le vestibule où attendait ma sœur, entre le hall d'entrée et la salle d'opération. Elle était si décomposée que j'ai demandé pour elle un tranquillisant. Les médecins, me dit-elle, avaient prévenu maman, d'un air très naturel, qu'avant de la radiographier on lui ferait une piqûre calmante; le docteur N. l'avait endormie; pendant toute l'anesthésie Poupette avait tenu la

41

main de maman, et j'imaginais quelle
épreuve ç'avait été pour elle de voir tout
nu ce vieux corps ravagé qui était le corps
de sa mère. Les yeux s'étaient révulsés, la
bouche s'était ouverte : ce visage non plus,
elle ne pourrait jamais l'oublier. On avait
transporté maman dans la salle d'opération d'où le docteur N. était sorti au bout
d'un moment : deux litres de pus dans le
ventre, le péritoine éclaté, une énorme
tumeur, un cancer de la pire espèce. Le
chirurgien était en train d'enlever tout ce
qui pouvait s'ôter. Pendant que nous
attendions, ma cousine Jeanne est entrée
avec sa fille Chantal; elle arrivait de
Limoges et croyait trouver maman tran-
quillement alitée : Chantal apportait un
livre de mots croisés. Nous nous sommes
demandé ce que nous dirions à maman, à
son réveil. C'était simple : la radio avait
montré qu'elle avait une péritonite et on
avait aussitôt décidé de l'opérer.

On venait de remonter maman dans sa
chambre, nous a dit N. Il triomphait : à
demi morte ce matin, elle avait très bien
supporté une longue et grave intervention.
Grâce à des méthodes d'anesthésie ultra-
modernes, le cœur, les poumons, tout

l'organisme avait continué de fonctionner normalement. Sans aucun doute, il avait réussi un superbe exploit technique; les conséquences, sans aucun doute il s'en lavait les mains. Ma sœur avait dit au chirurgien : « Opérez maman. Mais si c'est un cancer, promettez-moi que vous ne la laisserez pas souffrir. » Il avait promis. Que valait sa parole?

Maman dormait, couchée à plat sur le dos, cireuse, le nez pincé, la bouche ouverte. Ma sœur et une garde la veilleraient. Je suis rentrée chez moi, j'ai causé avec Sartre, nous avons écouté du Bartok. Soudain, à onze heures du soir, crise de larmes qui dégénère presque en crise de nerfs.

Stupeur. Quand mon père est mort, je n'ai pas versé un pleur. J'avais dit à ma sœur : « Pour maman, ça sera pareil. » Tous mes chagrins, jusqu'à cette nuit, je les avais compris : même quand ils me submergeaient, je me reconnaissais en eux. Cette fois, mon désespoir échappait à mon contrôle : quelqu'un d'autre que moi pleurait en moi. Je parlai à Sartre de la bouche de ma mère, telle que je l'avais vue le matin et de tout ce que j'y dé-

chiffrais : une gloutonnerie refusée, une
humilité presque servile, de l'espoir, de la
détresse, une solitude — celle de sa mort,
celle de sa vie — qui ne voulait pas
s'avouer. Et ma propre bouche, m'a-t-il
dit, ne m'obéissait plus : j'avais posé celle
de maman sur mon visage et j'en imitais
malgré moi les mimiques. Toute sa personne, toute son existence s'y matériali-
saient et la compassion me déchirait.

Je ne pense pas que ma mère ait été une petite fille heureuse. Je ne l'ai entendue évoquer qu'un seul souvenir plaisant : le jardin de sa grand-mère, dans un village de Lorraine; les mirabelles et les reines-claudes qu'on mangeait sur l'arbre toutes chaudes. De son enfance à Verdun, elle ne m'a rien raconté. Une photographie la représente, à huit ans, déguisée en marguerite : « Tu avais un joli costume. — Oui, m'a-t-elle répondu, mais mes bas verts ont déteint, la couleur s'est incrustée dans ma peau : il a fallu trois jours pour m'en débarrasser. » Sa voix était boudeuse : elle se remémorait tout un passé d'amertume. Plus d'une fois elle s'est plainte à moi de la sécheresse de sa mère. Bonne-maman, à cinquante ans, était une femme distante et même hautaine, qui riait peu, cancanait beaucoup, et ne témoignait à maman qu'une affection très conventionnelle; fanatiquement dévouée à son mari, ses enfants n'avaient tenu dans sa vie qu'une place secondaire. De bon-papa, maman m'a dit souvent avec ressentiment : « Il ne jurait que par ta tante Lili. » Plus jeune qu'elle de cinq ans, blonde et rose, Lili suscita chez son aînée une ardente et ineffaçable jalousie. Jusqu'aux approches de mon adolescence, maman m'a attribué les plus hautes qualités intellectuelles et morales : elle s'identifiait à moi; elle humiliait et ravalait ma sœur : c'était la cadette, rose et blonde, et sans s'en rendre compte maman prenait sur elle sa revanche.

Elle me parlait avec fierté des Oiseaux et de la mère supérieure dont l'estime avait consolé son amour-propre. Elle m'a montré une photographie de sa classe : six jeunes filles, assises dans un parc, entre deux religieuses. Il y a quatre pensionnaires, vêtues de noir, et deux externes en toilette blanche : maman et une de ses amies. Toutes portent des guimpes montantes, des jupes longues, des chignons sévères. Leurs yeux n'expriment rien. Maman est entrée dans la vie corsetée des principes les plus rigides : bienséances provinciales et morale de couventine.

A vingt ans, elle subit un nouvel échec affectif : le cousin dont elle était éprise lui préféra une autre cousine, ma tante Germaine. De ces déboires, elle garda toute sa vie un fond de susceptibilité et de rancune.

Auprès de papa, elle s'est épanouie. Elle l'aimait, elle l'admirait, et pendant dix ans il l'a, sans aucun doute, physiquement comblée. Il raffolait des femmes, il avait eu de nombreuses aventures, et il pensait — comme Marcel Prévost qu'il lisait avec délices — qu'on ne doit pas traiter sa jeune épousée avec moins de feu qu'une maîtresse. Le visage de maman, avec ce léger duvet qui ombrageait sa lèvre supérieure, trahissait une chaude sensualité. Leur entente sautait aux yeux: il caressait les bras de maman, la cajolait, lui disait de tendres fadeurs. Je la revois un matin — j'avais six ou sept ans — pieds nus sur le tapis rouge du corridor, dans sa longue chemise de nuit en toile blanche; ses cheveux tombaient en torsade sur sa nuque et j'ai été saisie par le rayonnement de son sourire, lié pour moi d'une manière mystérieuse à cette chambre dont elle sortait; je reconnaissais à peine dans cette fraîche apparition la grande personne respectable qui était ma mère.

Mais rien, jamais, n'abolit notre enfance. Et le bonheur de maman n'a pas été sans nuage. Dès leur voyage de noces, l'égoïsme de papa a éclaté; elle souhaitait voir les lacs italiens : ils se sont arrêtés à Nice où s'ouvrait la saison des courses. Elle rappelait souvent cette déconvenue, sans rancune, mais non sans regret. Elle aimait voyager. « J'aurais voulu être une exploratrice », disait-elle. Les meilleurs moments de sa jeunesse, ç'avait été les excursions à pied ou à bicyclette organisées par bonpapa à travers les Vosges et le Luxembourg. Elle a dû renoncer à beaucoup de ses rêves : les désirs de papa passaient toujours avant les siens. Elle a cessé de voir ses amies personnelles, dont il trouvait les maris ennuyeux. Il ne se plaisait que dans les salons et sur les planches. Elle l'y suivait gaiement, elle avait le goût des mondanités. Mais sa beauté ne la protégeait pas contre la malveillance; elle était provinciale, peu dégourdie; dans ce milieu bien parisien, on a souri de sa gaucherie. Certaines des femmes qu'elle y rencontrait avaient eu des liaisons avec papa : j'imagine les chuchotements, les perfidies. Papa gardait dans son bureau la photographie de sa dernière maîtresse, brillante et jolie, qui venait parfois à la maison avec son mari. Il a dit à maman, en riant, trente ans plus tard : « Tu as fait disparaître sa photo. » Elle a nié, sans le convaincre. Ce qui est sûr, c'est qu'au temps même de sa lune de miel elle a souffert dans son amour et dans son orgueil. Violente, entière, ses blessures se guérissaient mal.

Et puis mon grand-père a fait faillite. Elle s'est crue déshonorée, au point qu'elle a rompu avec toutes ses relations de Verdun. La dot promise à papa ne fut pas versée. Elle trouva sublime qu'il ne lui en tînt pas rigueur et toute sa vie elle se sentit en faute devant lui.

Tout de même : un mariage réussi, deux filles qui la chérissaient, une certaine aisance, maman, jusqu'à la fin de la guerre, ne se plaignait pas de son sort. Elle était tendre, elle était gaie, et son sourire me ravissait.

Quand la situation de papa a changé et que nous avons connu une demi-pauvreté, maman a décidé de tenir la maison sans

aide. Malheureusement les tâches ména-
gères l'assommaient, et en s'y livrant elle
pensait déroger. Elle était capable de
s'oublier, sans retour sur soi, pour mon
père, pour nous. Mais personne ne peut
dire : « Je me sacrifie » sans éprouver de
l'aigreur. Une des contradictions de maman, c'est qu'elle croyait à la grandeur du
dévouement et que cependant elle avait
des goûts, des répugnances, des désirs trop
impérieux pour ne pas détester ce qui la
brimait. Constamment elle s'insurgeait
contre les contraintes et les privations
qu'elle s'imposait.

Il est dommage que les préjugés l'aient
détournée d'adopter la solution à laquelle
elle se rallia, vingt ans plus tard : travailler
au-dehors. Tenace, consciencieuse, douée
d'une bonne mémoire, elle pouvait devenir
libraire, secrétaire : elle aurait monté
dans sa propre estime au lieu de se sentir
diminuée. Elle aurait eu des relations à
elle. Elle aurait échappé à une dépendance que la tradition lui faisait trouver
naturelle mais qui ne convenait pas du tout
à son caractère. Et sans doute aurait-elle
alors mieux supporté la frustration qu'elle
subissait.

Je ne blâme pas mon père. On sait assez que chez l'homme l'habitude tue le désir. Maman avait perdu sa première fraîcheur et lui sa fougue. Pour la réveiller, il recourait aux professionnelles du café de Versailles ou aux pensionnaires du Sphinx. Je l'ai vu plus d'une fois, entre mes quinze et mes vingt ans, rentrer à huit heures du matin, sentant l'alcool et racontant d'un air embarrassé des histoires de bridge ou de poker. Maman l'accueillait sans drame; elle le croyait peut-être, tant elle était entraînée à fuir les vérités gênantes. Mais elle ne s'accommodait pas de son indifférence. Que le mariage bourgeois soit une institution contre nature, son cas suffirait à m'en convaincre. L'alliance passée à son doigt l'avait autorisée à connaître le plaisir; ses sens étaient devenus exigeants; à trente-cinq ans, dans la force de l'âge, il ne lui était plus permis de les assouvir. Elle continuait à dormir à côté de l'homme qu'elle aimait et qui ne couchait presque plus jamais avec elle : elle espérait, elle attendait, elle se consumait, en vain. Une totale abstinence eût moins éprouvé sa fierté que cette promiscuité. Je ne m'étonne pas que son humeur se soit altérée : gifles, criailleries, scènes, non seulement dans l'intimité, mais même en présence d'invités. « Françoise a un caractère de chien », disait papa. Elle convenait qu'elle « se montait » facilement. Mais elle était ulcérée quand elle apprenait que des gens disaient : « Françoise est tellement pessimiste! », ou : « Françoise fait de la neurasthénie. »

Jeune femme, elle aimait la toilette. Elle s'illuminait quand on lui disait qu'elle semblait être ma sœur aînée. Un cousin de papa qui jouait du violoncelle, qu'elle accompagnait au piano, lui faisait respectueusement la cour : quand il se maria, elle détesta sa femme. Lorsque sa vie sexuelle et sa vie mondaine se furent dégradées, sauf dans les grandes circonstances où il était obligatoire de « s'habiller », maman cessa de se soigner. Je me rappelle un retour de vacances; elle nous attendait à la gare, elle portait un joli chapeau de velours, une voilette, elle s'était un peu poudrée. Ma sœur s'est écriée, charmée : « Maman, tu as l'air d'une dame chic! » Elle a ri sans arrière-pensée car elle ne se piquait plus d'élégance. Pour ses filles, pour elle-même, elle poussait jusqu'au manque d'hygiène le mépris du corps qu'on lui avait enseigné au couvent. Pourtant — c'était une autre de ses contradictions — elle gardait l'envie de plaire; les flatteries la flattaient; elle y répondait avec coquetterie. Elle se rengorgea quand un ami de mon père lui dédicaça un livre (publié à compte d'auteur) : « A Françoise de Beauvoir, dont la vie fait mon admiration. » Hommage ambigu : elle méritait l'admiration par un effacement qui la privait d'admirateurs.

Sevrée des joies du corps, privée des satisfactions de la vanité, asservie à des corvées qui l'ennuyaient et l'humiliaient, cette femme orgueilleuse et têtue n'était pas douée pour la résignation. Entre ses accès de colère, elle ne cessait de chanter, de plaisanter, de bavarder, étouffant sous le bruit les murmures de son cœur. Après la mort de papa, tante Germaine suggérant qu'il n'avait pas été un mari idéal, elle l'a violemment rabrouée : « Il m'a toujours rendue très heureuse. » Et, certainement, elle n'avait jamais cessé de se l'affirmer. Tout de même, cet optimisme de commande ne suffisait pas à combler son avidité. Elle s'est précipitée dans la seule issue qui s'offrît à elle : se nourrir des jeunes vies dont

53

elle avait la charge. « Moi du moins, je n'ai jamais été égoïste, j'ai vécu pour les autres », m'a-t-elle dit plus tard. Oui; mais aussi par eux. Possessive, dominatrice, elle aurait voulu nous tenir tout entières dans le creux de sa main. Mais c'est au moment où cette compensation lui est devenue nécessaire que nous avons commencé à souhaiter de la liberté, de la solitude. Des conflits ont couvé, ont éclaté, qui n'ont pas aidé maman à retrouver son équilibre.

Elle était cependant la plus forte : sa volonté l'emportait. A la maison, il fallait laisser toutes les portes ouvertes; je devais travailler sous ses yeux, dans la pièce où elle se tenait. Quand la nuit nous bavardions, ma sœur et moi, d'un lit à l'autre, elle collait l'oreille au mur, rongée de curiosité, et nous criait : « Taisez-vous. » Elle a refusé que nous apprenions à nager et empêché papa de nous acheter des bicyclettes : par ces plaisirs qu'elle n'aurait pas partagés, nous lui aurions échappé. Si elle exigeait d'être mêlée à toutes nos distractions, ce n'était pas seulement parce qu'elle-même en avait peu : pour des raisons qui remontaient sans doute à son enfance, elle ne tolérait pas de se sentir exclue. Elle n'hésitait pas à s'imposer, même quand elle se savait indésirable. Une nuit, à La Grillère, nous nous trouvions dans la cuisine, avec une bande de garçons et de filles, amis de nos cousins : nous faisions cuire des écrevisses que nous venions de pêcher aux lanternes. Maman a surgi, seule adulte : « J'ai bien le droit de souper avec vous. » Elle nous a glacés, mais elle est restée. Plus tard, mon cousin Jacques nous avait donné rendez-vous, à ma sœur et à moi, à la porte du Salon d'automne; maman nous a accompagnées; il ne s'est pas montré. « J'ai vu ta mère, alors je suis parti », m'a-t-il dit le lendemain. Sa présence n'était pas légère. Quand nous recevions des amis — « J'ai bien le droit de goûter avec vous » — elle accaparait la conversation. A Vienne, à Milan, ma sœur a été souvent consternée par l'assurance avec laquelle maman, au cours d'un dîner plus ou moins officiel, se jetait en avant.

Ces intrusions encombrantes, ces accès d'importance, étaient pour elle des revanches : elle n'avait pas souvent l'occasion de s'affirmer. Elle voyait peu de monde; et quand papa était là, c'était lui qui paradait. La phrase qui nous irritait :

« J'ai bien le droit », prouve en fait son manque d'assurance : ses désirs ne se justifiaient pas par eux-mêmes. Incapable de se contenir et mégère à ses heures, de sang-froid elle poussait la discrétion jusqu'à l'humilité. Elle faisait des scènes à papa pour des vétilles; mais elle n'osait pas lui demander de l'argent, elle n'en dépensait pas pour elle et aussi peu que possible pour nous; elle le laissait docilement passer toutes ses soirées hors de la maison et sortir seul le dimanche. Après sa mort, quand elle a dépendu de nous, elle a eu à notre égard le même scrupule : ne pas nous déranger. Devenue notre obligée, elle n'avait plus d'autre manière de nous témoigner ses sentiments; alors qu'autrefois les soins qu'elle prenait de nous justifiaient à ses yeux sa tyrannie.

Son amour pour nous était profond en même temps qu'exclusif et le déchirement avec lequel nous le subissions reflétait ses propres conflits. Très vulnérable — elle pouvait remâcher pendant vingt ou quarante années un reproche, une critique — la rancune diffuse qui l'habitait se traduisait par des conduites agressives : franchise brutale, lourdes ironies; à notre

égard elle manifestait souvent une méchan-
ceté plus étourdie que sadique : elle ne
voulait pas notre malheur mais se prou-
ver son pouvoir. Pendant que j'étais en
vacances chez Zaza, ma sœur m'a écrit; elle
me parlait, en style d'adolescente, de son
cœur, de son âme, de ses problèmes; je
lui ai répondu. Maman a ouvert ma lettre,
l'a lue à haute voix devant Poupette, en
riant aux éclats de ses confidences. Raidie
de colère, Poupette l'a écrasée de son
mépris et a juré de ne jamais lui pardon-
ner. Maman a sangloté et m'a suppliée,
par lettre, de les réconcilier : ce que je
fis.

C'est sur ma sœur surtout qu'elle tenait à
assurer son empire et elle prenait ombrage
de notre amitié. Quand elle sut que j'avais
perdu la foi, elle lui cria avec furie : « Je
te défendrai contre son influence. Je te pro-
tégerai! » Pendant les vacances, elle nous
interdit de nous voir seule à seule : nous
nous retrouvions clandestinement dans les
châtaigneraies. Cette jalousie l'a tenaillée
toute sa vie et nous avons gardé jusqu'à la
fin l'habitude de lui dissimuler la plupart
de nos rencontres.

Mais souvent aussi la chaleur de son

affection nous émouvait. Vers dix-sept ans, Poupette fut, sans le vouloir, l'occasion d'une brouille entre papa et « tonton Adrien » qu'il tenait pour son meilleur ami; maman l'a défendue farouchement contre papa qui pendant des mois n'a plus adressé la parole à sa fille. Ensuite, il a fait grief à ma sœur de ne pas sacrifier sa vocation de peintre à des besognes alimentaires et de rester vivre à la maison; il ne lui donnait pas un sou et la nourrissait à peine. Maman la soutenait et se débrouillait de son mieux pour l'aider. Moi, je n'ai pas oublié avec quelle bonne grâce, après la mort de papa, elle m'a encouragée à partir en voyage avec une amie quand d'un soupir elle aurait pu me retenir.

Elle gâchait ses rapports avec autrui par maladresse : rien de plus pitoyable que ses efforts pour éloigner ma sœur de moi. Quand notre cousin Jacques — sur qui elle reportait un peu de l'amour qu'elle avait eu pour son père — a commencé à espacer ses visites rue de Rennes, elle l'accueillait chaque fois par des récriminations qu'elle croyait rieuses, qu'il trouvait irritantes : il se montrait de moins en moins. Elle avait les larmes aux yeux lorsque je me suis installée chez bonne-maman, et je lui ai su gré de ne pas même ébaucher une scène d'attendrissement : elle les évitait toujours. Cependant, cette année-là, chaque fois que je dînais à la maison, elle grommelait que je négligeais ma famille, alors qu'en fait je venais très souvent. Par orgueil, par principe, elle ne voulait rien demander; ensuite elle se plaignait de recevoir trop peu.

Elle ne pouvait parler de ses difficultés à personne, pas même à soi. On ne l'avait habituée ni à voir clair en elle, ni à user de son propre jugement. Il lui fallait s'abriter derrière des autorités : mais celles qu'elle respectait ne s'accordaient pas; il n'y avait guère de points communs entre la mère supérieure des Oiseaux et papa. J'ai vécu cette opposition au cours de ma formation intellectuelle et non après qu'elle fut achevée; j'avais, grâce à ma petite enfance, une confiance en moi dont ma mère était démunie; le chemin de la contestation, qui fut le mien, lui était fermé. Elle a pris au contraire le parti d'être de l'avis de tout le monde : le dernier qui parlait avait raison. Elle lisait beaucoup; mais, malgré une bonne mémoire, elle oubliait presque tout : une connaissance précise, une opinion tranchée auraient rendu impossibles les volte-face que les circonstances risquaient de lui imposer. Même après la mort de papa elle a gardé cette prudence. Ses fréquentations ont été alors plus conformes à ses idées. Elle se rangeait du côté des catholiques « éclairés » contre les intégristes. Cependant parmi ses relations il existait des divergences. Et d'autre part, bien que je vécusse dans l'erreur, sur beaucoup de plans mes opinions comptaient : et aussi celles de ma sœur et de Lionel. Elle redoutait de « passer pour une idiote » à nos yeux. Elle continua donc d'entretenir des brumes dans sa tête et de dire oui à tout sans s'étonner de rien. Dans ses dernières années elle était parvenue à une certaine cohérence; mais à l'époque où sa vie affective était le plus tourmentée, elle n'avait ni doctrine, ni concepts, ni mots pour la rationaliser. De là venait son malaise effaré.

Penser contre soi est souvent fécond; mais ma mère, c'est une autre histoire : elle a vécu contre elle-même. Riche d'appétits, elle a employé toute son énergie à les refouler et elle a subi ce reniement dans la colère. Dans son enfance, on a comprimé son corps, son cœur, son esprit, sous un harnachement de principes et d'interdits. On lui a appris à serrer elle-même étroitement ses sangles. En elle subsistait une femme de sang et de feu : mais contrefaite, mutilée et étrangère à soi.

Aussitôt réveillée, j'ai téléphoné à ma sœur. Maman avait repris conscience au milieu de la nuit; elle savait qu'on l'avait opérée et en semblait à peine étonnée. J'ai arrêté un taxi. Le même trajet, le même automne tiède et bleu, la même clinique. Mais j'entrais dans une autre histoire : au lieu d'une convalescence, une agonie. Auparavant, je venais passer ici des heures neutres; je traversai le hall avec indifférence. Des drames se déroulaient derrière les portes fermées : rien n'en transpirait. Désormais, un de ces drames était le mien. Je montai l'escalier le plus vite, le plus lentement possible. Sur la porte était maintenant fixé un écriteau : *Visites interdites.* Le décor avait changé. Le lit était disposé comme la veille, les deux côtés dégagés. Les bonbons avaient été rangés dans les placards, les livres aussi. Sur la grande

table du coin, plus de fleurs, mais des flacons, des ballons en verre, des éprouvettes.
Maman dormait, elle n'avait pas de sonde
dans le nez, c'était moins pénible de la
regarder; mais on apercevait sous le lit des
bocaux, des tuyaux qui communiquaient
avec l'estomac et l'intestin. Le bras gauche
était relié à un goutte-à-goutte. Elle ne portait plus aucun vêtement : la liseuse était
étalée comme une couverture sur son buste
et ses épaules nues. Un nouveau personnage était entré en scène : une garde particulière, mademoiselle Leblon, gracieuse
comme un portrait d'Ingres; une coiffe
bleue protégeait ses cheveux, ses pieds
étaient emmitouflés d'étoffes blanches; elle
surveillait le goutte-à-goutte, elle secouait
un ballon pour y diluer du plasma. Ma
sœur m'a dit que d'après les docteurs un
sursis de quelques semaines, peut-être de
quelques mois, n'était pas impossible. Elle
avait demandé au professeur B. : « Mais
que dira-t-on à maman quand le mal re-
prendra, ailleurs? — Ne vous inquiétez
pas. On trouvera. On trouve toujours. Et
le malade vous croit toujours. »
    L'après-midi, maman avait les yeux ou-
verts; elle parlait de manière à peine dis-

tincte, mais lucidement. « Alors! lui dis-je. Tu te casses la jambe, et on t'opère de l'appendicite! » Elle a levé un doigt et chuchoté avec une certaine fierté : « Pas appendicite. Pé-ri-to-ni-te. » Elle a ajouté : « Quelle chance... être là. — Tu es contente que je sois là? — Non. Moi. » Une péritonite : et sa présence dans cette clinique l'avait sauvée! La trahison commençait. « Heureuse de ne plus avoir cette sonde. Si heureuse! » Vidée des ordures qui la veille gonflaient son ventre, elle ne souffrait plus. Et avec ses deux filles à son chevet, elle se croyait en sécurité. Quand les docteurs N. et P. sont entrés, elle leur a dit d'une voix satisfaite : « Je ne suis pas abandonnée », avant de refermer les yeux. Ils ont échangé des commentaires : « C'est extraordinaire comme elle a vite repris! C'est spectaculaire! » En effet. Grâce aux transfusions et aux perfusions, le visage de maman avait repris ses couleurs et un air de santé. La pauvre chose douloureuse qui gisait sur ce lit la veille s'était reconvertie en femme.

J'ai montré à maman le livre de mots croisés apporté par Chantal. Elle a balbutié, en s'adressant à la garde : « J'ai un gros dictionnaire Larousse, le nouveau, je me le suis offert, pour les mots croisés. » Ce dictionnaire : une de ses dernières joies; elle m'en avait parlé longtemps, avant de l'acheter; elle s'illuminait chaque fois que je le consultais. « On te l'apportera », lui dis-je. « Oui. Et aussi *le Nouvel Œdipe*, je n'ai pas tout trouvé... » Il fallait cueillir sur ses lèvres les mots qu'elle s'arrachait dans un souffle et que leur mystère rendait troublants comme des oracles. Ses souvenirs, ses idées, ses soucis flottaient hors du temps, transformés en rêves irréels et poignants par sa voix puérile et l'imminence de sa mort.

Elle a beaucoup dormi; de temps en temps elle aspirait quelques gouttes d'eau à travers la pipette; elle crachait, dans des serviettes en papier que la garde pressait contre sa bouche. Le soir, elle s'est mise à tousser; mademoiselle Laurent, venue prendre de ses nouvelles, l'a redressée, l'a massée, l'a aidée à expectorer. Alors maman lui a adressé un grand sourire : le premier depuis quatre jours.

Poupette avait décidé de passer ses nuits à la clinique : « Tu as vu mourir papa et bonne-maman; moi, j'étais loin, m'a-t-elle dit; maman, c'est moi qui la prends en charge. Et puis j'ai envie de rester avec elle. » Je fus d'accord. Maman s'étonna : « Pourquoi veux-tu dormir ici? — J'ai dormi dans la chambre de Lionel quand on l'a opéré : ça se fait toujours. — Ah! bon! »

Je rentrai chez moi grippée, fiévreuse. En sortant de la clinique surchauffée, j'avais pris froid dans l'automne humide; je me couchai, abrutie de cachets. Je ne fermai pas mon téléphone; maman pouvait s'éteindre d'une minute à l'autre, « comme une bougie » disaient les médecins, et ma sœur devait m'appeler à la moindre alerte. La sonnerie m'a réveillée en sursaut : quatre heures du matin. « C'est la fin. » J'ai empoigné le récepteur et entendu une voix inconnue : un faux numéro. Je ne me suis rendormie qu'à l'aube. Huit heures et demie : nouvelle sonnerie; je me suis précipitée : une communication sans importance. Je le haïssais, cet appareil couleur de corbillard : « Votre mère a un cancer. — Votre mère ne passera pas la nuit. » Un de ces jours il grésillera à mes oreilles : « C'est la fin. »

Je traverse le jardin. J'entre dans le

hall. On pourrait se croire dans un aéro-
port : des tables basses, des fauteuils modernes, des gens qui s'embrassent en se
disant bonjour ou au revoir, d'autres qui
attendent, des valises, des fourre-tout, des
fleurs dans des vases, des bouquets enve-
loppés de papier glacé comme pour accueil-
lir les voyageurs qui vont débarquer... Mais
sur les visages, dans les chuchotements, on
pressent quelque chose de louche. Et parfois, dans l'embrasure de la porte du fond
apparaît un homme tout en blanc, avec
du sang sur ses chaussons. Je monte un
étage. A ma gauche, il y a un long corridor
avec des chambres, la salle des infirmières,
l'office. A droite, un vestibule carré, meu-
blé d'une banquette et d'un bureau sur
lequel est posé un téléphone blanc. Il donne
d'un côté sur un salon d'attente, de l'autre
sur la chambre 114. *Visites interdites*. Derrière la porte je trouve un court boyau :
à gauche le cabinet de toilette avec le
bassin, le « haricot », de la ouate, des bocaux; à droite un placard où sont rangées
les affaires de maman; sur un cintre pend
la robe de chambre rouge, salie de pous-
sière. « Je ne veux plus revoir cette robe
de chambre. » Je pousse la seconde porte.

Avant, je traversais ces lieux sans les voir. Maintenant, je sais qu'ils font partie de ma vie pour toujours.

« Je vais très bien », m'a dit maman. Elle a ajouté d'un air malin : « Hier, quand les médecins parlaient entre eux, je les ai entendus; ils disaient : c'est spectaculaire! » Ce mot l'enchantait : elle le prononçait souvent avec componction, comme une formule magique garantissant sa guérison. Pourtant elle se sentait encore très faible et son plus impérieux désir était d'éviter le moindre effort. Elle rêvait d'être nourrie toute sa vie au goutte-à-goutte : « Je ne mangerai plus jamais. — Comment! toi qui étais si gourmande. — Non. Je ne mangerai plus. » Mademoiselle Leblon a pris un peigne et une brosse, pour la coiffer, et maman lui a ordonné avec autorité : « Coupez-moi les cheveux. » Nous avons protesté. « Vous allez me fatiguer : coupez-les donc. » Elle a insisté, avec un bizarre entêtement : comme si elle avait voulu acheter par ce sacrifice un définitif repos. Doucement, mademoiselle Leblon a défait sa natte et démêlé ses cheveux embroussaillés; elle les a tressés, elle a épinglé la torsade argentée autour de la tête de maman dont le visage détendu avait retrouvé une surprenante pureté. J'ai pensé à un dessin de Léonard de Vinci représentant une vieille femme très belle : « Tu es belle comme un Léonard de Vinci », lui ai-je dit. Elle a souri : « Je n'étais pas mal, autrefois. » D'un ton un peu mystérieux elle a confié à la garde : « J'avais de beaux cheveux, je les coiffais en bandeaux autour de ma tête. » Et elle s'est mise à parler d'elle : comment elle avait obtenu un petit diplôme de bibliothécaire, son amour des livres. Mademoiselle Leblon répondait tout en préparant un flacon de sérum; le liquide limpide contenait aussi, m'a-t-elle expliqué, du glucose, des sels. « Un vrai cocktail », ai-je dit.

Toute la journée nous avons étourdi maman de projets. Elle écoutait, les yeux fermés. Ma sœur et son mari venaient d'acheter en Alsace une vieille ferme qu'ils allaient faire aménager. Maman y occuperait une grande chambre, indépendante, où elle achèverait de se rétablir. « Mais ça n'ennuiera pas Lionel que je reste longtemps? — Bien sûr que non. — Oui, là-bas, je ne vous dérangerai pas. A Scharrachbergen c'était trop petit, je vous gênais. »

Nous avons parlé de Meyrignac. Maman y retrouvait ses souvenirs de jeune femme. Et depuis des années elle m'en décrivait avec enthousiasme les embellissements. Elle aimait beaucoup Jeanne dont les trois filles aînées, jolies, fraîches et gaies, habitaient Paris et venaient la voir très souvent à la clinique : « Je n'ai pas de petites-filles, et elles n'ont pas de grand-mère », expliqua-t-elle à mademoiselle Leblon. « Alors je suis leur grand-mère. Pendant qu'elle somnolait, j'ai regardé un journal; en ouvrant les yeux elle m'a demandé : « Qu'est-ce qui se passe à Saigon? » Je le lui ai raconté. Une fois, sur un ton de reproche amusé, elle a dit : « On m'a opérée en traître! »; et quand le docteur P. est entré : « Voilà le bourreau! » mais d'une voix rieuse. Il est resté un moment près d'elle; comme il lui disait : « On apprend à tout âge », elle a répondu, d'un ton un peu solennel : « Oui. J'ai appris que j'avais une péritonite. » J'ai plaisanté avec elle : « Tu n'es quand même pas ordinaire! Tu viens te faire raccommoder le fémur, et on t'opère d'une péritonite! — C'est vrai. Je suis une femme pas ordinaire! » Pendant des jours elle s'est réjoui de ce quiproquo : « J'ai joué un bon tour au professeur B. C'est lui qui devait opérer mon fémur. Et c'est le docteur P. qui m'opère d'une péritonite. »

Ce qui nous a émues, ce jour-là, c'est l'attention qu'elle portait aux moindres sensations plaisantes : comme si à soixante-dix-huit ans elle s'éveillait à neuf au miracle de vivre. Pendant que la garde arrangeait ses oreillers, le métal d'un tuyau a touché sa cuisse : « C'est frais! c'est agréable! » Elle respirait l'odeur de l'eau de Cologne, du talc : « Ça sent bon. » Elle a fait disposer sur la table roulante les bouquets et les pots de fleurs : « Les petites roses rouges viennent de Meyrignac. Il y a encore des roses à Meyrignac. » Elle nous a demandé de relever le rideau qui voilait la fenêtre, elle a regardé à travers la vitre le feuillage doré des arbres : « C'est joli : de chez moi je ne verrais pas ça! » Elle souriait. Et nous avons eu, ma sœur et moi, la même pensée : nous retrouvions le sourire qui avait ébloui notre petite enfance, un radieux sourire de jeune femme. Entre-temps, où s'était-il perdu?

« Si elle a, comme ça, quelques jours de bonheur, ça vaudra la peine de l'avoir prolongée », me dit Poupette. Mais quelle serait la rançon?

« C'est une chambre mortuaire », ai-je pensé le lendemain. Un lourd rideau bleu masquait la fenêtre. (Le store était cassé, on ne pouvait pas le baisser, mais auparavant la lumière ne gênait pas maman.) Elle gisait dans la pénombre, les yeux fermés. J'ai pris sa main et elle a murmuré : « C'est Simone : et je ne te vois pas! » Poupette est partie, j'ai ouvert un roman policier. De temps en temps maman soupirait : « Je ne suis pas lucide. » Elle s'est plainte au docteur P. : « Je suis dans le coma. — Si vous y étiez, vous ne le sauriez pas. » Cette réponse l'a réconfortée. Elle m'a dit un peu plus tard, d'un air méditatif : « J'ai subi une grande opération. Je suis une grande opérée. » J'ai renchéri et peu à peu elle s'est rassérénée. La veille au soir, elle avait rêvé, les yeux ouverts, me racontat-elle : « Il y avait des hommes dans la chambre, des hommes en bleu, méchants, qui voulaient m'emmener et me faire boire des cocktails. Ta sœur les a chassés... » J'avais prononcé le mot de cocktail, à propos du mélange préparé par mademoiselle Leblon; celle-ci portait une coiffe bleue;

les hommes, c'étaient les infirmiers qui avaient amené maman dans la salle d'opération. « Oui. C'est sans doute ça... » Elle m'a priée d'ouvrir la fenêtre : « De l'air frais, c'est agréable. » Des oiseaux ont chanté; elle s'est extasiée : « Des oiseaux! » Et avant que je ne la quitte : « C'est curieux. Je sens une lumière jaune sur ma joue gauche. C'est comme si j'avais un papier jaune sur ma joue. Une jolie lumière à travers un papier jaune : c'est très agréable. » J'ai demandé au docteur P. : « L'opération en soi a bien réussi? — Elle aura réussi si le trafic intestinal reprend. Nous le saurons d'ici deux ou trois jours. »

J'avais de la sympathie pour le docteur P. Il ne se donnait pas des airs importants, il parlait à maman comme à une personne et répondait de bonne grâce à mes questions. En revanche, le docteur N. et moi nous ne nous aimions pas. Élégant, sportif, dynamique, ivre de technique, il réanimait maman avec entrain : mais elle était pour lui l'objet d'une intéressante expérience et non un être humain. Il nous faisait peur. Maman avait une vieille parente qu'on maintenait depuis six mois dans le coma. « J'espère que vous ne permettrez pas qu'on me prolonge comme ça, c'est affreux! » nous avait-elle dit. Si le docteur N. se mettait en tête de battre un record, il serait un adversaire dangereux.

« Il a réveillé maman pour lui faire un va-et-vient, sans résultat, me dit le dimanche matin Poupette navrée. Pourquoi la tourmente-t-il? » J'ai arrêté N. au passage : de lui-même il ne m'adressait jamais la parole. De nouveau j'ai imploré : « Ne la tourmentez pas. » Et il m'a répondu d'une voix outragée : « Je ne la tourmente pas. Je fais ce que je dois. »

Le rideau bleu était relevé, la chambre moins sombre. Maman s'était fait acheter des lunettes noires. Elle les a ôtées quand je suis entrée : « Ah! aujourd'hui, je te vois! » Elle se sentait bien. Elle m'a demandé d'une voix paisible : « Dis-moi : est-ce que j'ai un côté droit? — Comment ça? Bien sûr. — C'est drôle; hier on me disait que j'avais bonne mine. Mais j'avais bonne mine seulement du côté gauche. Je sentais l'autre tout gris. Il me semblait que je n'avais plus de côté droit, j'étais dédoublée. Maintenant ça se recompose un peu. » J'ai touché sa joue droite : « Tu me sens? — Oui, mais comme en rêve. » J'ai touché sa joue gauche : « Ça, c'est réel », m'a-t-elle dit. Le fémur cassé, la plaie, les pansements, les sondes, les perfusions, tout se passait du côté gauche. Était-ce pourquoi l'autre semblait ne plus exister? « Tu as une mine magnifique. Les docteurs sont enchantés de toi, ai-je affirmé. — Non, le docteur N. n'est pas content : il veut que je lui fasse des vents. » Elle a souri pour elle-même : « Quand je sortirai d'ici, je lui enverrai une boîte de crottes en chocolat. »

Le matelas pneumatique massait sa peau, des coussinets étaient placés entre ses genoux que les draps, soulevés par un cerceau, n'effleuraient pas, un autre dispositif empêchait ses talons de toucher l'alèse : néanmoins son corps commençait à se couvrir d'escarres. Les hanches paralysées par l'arthrose, le bras droit à demi impotent, le gauche rivé au goutte-à-goutte, elle ne pouvait pas ébaucher le moindre mouvement. « Remonte-moi », me demandait-elle. Seule, je n'osais pas. Sa nudité ne me gênait plus : ce n'était plus ma mère, mais un pauvre corps supplicié. Cependant j'étais intimidée par l'horrible mystère que, sans en rien imaginer, je pressentais sous les gazes et j'avais peur de lui faire mal. Ce matin-là, il a fallu lui donner encore un lavement et mademoiselle Leblon a eu besoin de mon aide. J'ai saisi sous les aisselles ce squelette habillé d'une peau moite et bleue. Quand on couchait maman sur le côté, son visage se contractait, son regard chavirait, elle vagissait : « Je vais tomber. » Elle se rappelait sa chute. Debout à son chevet, je la tenais et je la rassurais.

Nous l'avons remise sur le dos, bien calée sur ses oreillers. Au bout d'un moment, elle s'est exclamée : « J'ai fait un vent! » Peu après elle a demandé : « Vite! le bassin! » Mademoiselle Leblon et une infirmière rousse ont essayé de l'installer sur un bassin; elle a crié; voyant sa chair meurtrie et le dur éclat du métal, j'avais l'impression qu'on la couchait sur des lames de couteau. Les deux femmes insistaient, la tiraillaient, la rousse la rudoyait et maman criait, le corps tendu par la douleur. « Ah! laissez-la! » ai-je dit. Je suis sortie avec les infirmières : « Tant pis! laissez-la faire dans ses draps. — Mais, a protesté mademoiselle Leblon, c'est une telle humiliation! Les malades ne la supportent pas. — Et elle sera mouillée, c'est très mauvais pour ses escarres, a dit la rousse, — Vous la changerez aussitôt. » Je suis revenue près de maman : « Cette rousse, c'est une méchante femme », a-t-elle gémi de sa voix puérile. Elle a ajouté, navrée : « Je ne croyais pourtant pas être douillette! — Tu ne l'es pas. » Et je lui ai dit : « Tu n'as qu'à te soulager sans bassin : elles changeront tes draps, ce n'est pas compliqué. — Oui » m'a-t-elle dit; les sourcils froncés, un air de détermination sur le visage, elle a lancé comme un défi : « Les morts font bien dans leurs draps. »

J'en ai eu le souffle coupé. « Une telle humiliation. » Et maman, qui avait vécu hérissée d'orgueilleuses susceptibilités, n'éprouvait aucune honte. C'était aussi une forme de courage, chez cette spiritualiste guindée, que d'assumer avec tant de décision notre animalité.

On l'a changée, nettoyée, frictionnée. C'était maintenant l'heure de lui faire une piqûre, assez douloureuse, destinée, je crois, à combattre l'urée qu'elle éliminait mal. Elle semblait si harassée que mademoiselle Leblon a hésité : « Faites-la », a dit maman. « Puisque c'est bon pour moi. »

Nous l'avons de nouveau tournée sur le côté; je la tenais et je regardais son visage où se mêlaient le désarroi, le courage, l'espoir, l'angoisse. « Puisque c'est bon pour moi. » Pour guérir. Pour mourir. J'aurais voulu demander pardon à quelqu'un.

J'ai su le lendemain que l'après-midi s'était bien passé. Un jeune infirmier remplaça mademoiselle Leblon, et Poupette dit à maman : « Tu as de la chance d'avoir un garde si jeune et si gentil. — Oui, dit maman, c'est un bel homme. — Et tu t'y connais en hommes! — Oh! pas tellement, a dit maman avec de la nostalgie dans la voix. — Comment? tu as des regrets? — Hé! hé! Je dis toujours à mes petites-nièces : mes petites, profitez de la vie. — Je comprends pourquoi elles t'aiment tant. Mais tu n'aurais pas dit ça à tes filles? » Alors maman, soudain sévère : « A mes filles? Ah! non! » Le docteur P. lui avait amené une octogénaire qu'il devait opérer le lendemain et qui avait peur : maman l'avait chapitrée, lui donnant en exemple son propre cas.

« Ils m'utilisent à des fins publicitaires », m'a-t-elle dit le lundi d'un ton amusé. Elle m'a demandé : « C'est revenu mon côté droit? J'ai vraiment un côté droit? — Mais oui. Regarde-toi », a dit ma sœur. Maman a fixé sur le miroir un regard incrédule, sévère, hautain : « C'est moi, ça? — Mais oui. Tu vois bien que tu as toute ta figure. — Je suis toute grise. — C'est l'éclairage. Tu es rose. » Le fait est qu'elle avait très bonne mine. Tout de même quand elle a souri à mademoiselle Leblon, elle lui a dit : « Ah! cette fois je vous ai souri avec toute ma bouche. Avant je n'avais qu'une moitié de sourire. »

Elle ne souriait plus l'après-midi. Plusieurs fois elle répéta avec surprise et blâme : « Quand je me suis vue dans la glace, je me suis trouvée si laide! » La nuit précédente, quelque chose s'était détraqué dans le goutte-à-goutte; il avait fallu ôter le tuyau, puis le repiquer dans la veine; la garde de nuit avait tâtonné; le liquide avait coulé sous la peau, maman avait eu très mal. On avait emmailloté dans des bandages son bras énorme et bleu. Maintenant l'appareil était relié à son bras droit; ses veines fatiguées supportaient à peu près le sérum; mais le plasma lui arrachait des plaintes. Au soir, l'angoisse l'a saisie : elle avait peur de la nuit, d'un nouvel accident, de la douleur. Les traits contractés, elle suppliait : « Surveillez bien le goutte-à-goutte! » Et ce soir encore, regardant son bras où se déversait une vie qui n'était plus que malaise et tourment, je me demandai : pourquoi?

A la clinique, je n'avais pas le temps de m'interroger. Il fallait aider maman à cracher, lui donner à boire, arranger ses oreillers, ou sa natte, déplacer sa jambe, arroser ses fleurs, ouvrir, fermer la fenêtre, lui lire le journal, répondre à ses questions, remonter sa montre qui reposait sur sa poitrine, suspendue à un cordonnet noir. Elle prenait plaisir à cette dépendance et réclamait sans répit notre attention. Mais, quand je fus rentrée, toute la tristesse et l'horreur de ces derniers jours tombèrent sur mes épaules. Et moi aussi un cancer me dévorait : le remords. « Ne la laissez pas opérer. » Et je n'avais rien empêché. Souvent, quand les malades souffraient un long martyre, je m'étais indignée de l'inertie de leurs proches : « Moi, je le tuerais. » A la première épreuve, j'avais flanché : j'avais renié ma propre morale, vaincue par la morale sociale.

« Non, m'avait dit Sartre, vous avez été vaincue par la technique : et c'était fatal. » En effet. On est pris dans un engrenage, impuissant devant le diagnostic des spécialistes, leurs prévisions, leurs décisions. Le malade est devenu leur propriété : allez donc le leur arracher! Il n'y avait qu'une alternative, le mercredi : opération ou euthanasie. Le cœur solide, vigoureusement réanimée, maman aurait résisté longtemps à l'occlusion intestinale et vécu l'enfer, car les docteurs auraient refusé l'euthanasie. Il aurait fallu me trouver là à six heures du matin. Mais même alors, aurais-je osé dire à N. : « Laissez-la s'éteindre »? C'est ce que je suggérais quand j'ai demandé : « Ne la tourmentez pas » et il m'a rabrouée avec la morgue d'un homme sûr de ses devoirs. Ils m'auraient dit : « Vous la privez peut-être de plusieurs années de vie. » Et j'étais obligée de céder. Ces raisonnements ne m'apaisaient pas. L'avenir m'épouvantait. Quand j'avais quinze ans, mon oncle Maurice était mort d'un cancer à l'estomac. On m'avait raconté que pendant des jours il avait hurlé : « Achevez-moi. Donnez-moi mon revolver. Ayez pitié de moi. » Le docteur P. tiendrait-il sa promesse : « Elle ne souffrira pas »? Entre la mort et la torture, une course était engagée. Je me demandais comment on s'arrange pour survivre quand quelqu'un de cher vous a crié en vain : Pitié!

Et même si la mort gagnait, l'odieuse mystification! Maman nous croyait auprès d'elle; mais nous nous situions déjà de l'autre côté de son histoire. Malin génie omniscient, je connaissais le dessous des cartes, et elle se débattait, très loin, dans la solitude humaine. Son acharnement à guérir, sa patience, son courage, tout était pipé. Elle ne serait payée d'aucune de ses souffrances. Je revoyais son visage : « Puisque c'est bon pour moi. » Je subissais avec désespoir une faute qui était mienne, sans que j'en sois responsable, et que je ne pourrais jamais racheter.

Maman avait passé une nuit calme; la garde, voyant son inquiétude, n'avait pas lâché sa main. On avait trouvé moyen de la mettre sur le bassin sans la blesser. Elle recommençait à manger et bientôt on supprimerait les perfusions. « Ce soir! » suppliait-elle. « Ce soir ou demain », disait N. Dans ces conditions, la garde continuerait à la veiller mais ma sœur dormirait chez ses amis. Je demandai conseil au docteur P. Sartre prenait le lendemain l'avion pour Prague; l'accompagnerais-je? « N'importe quoi peut arriver, n'importe quand. Mais cette situation peut aussi durer des mois. On ne partirait jamais. Prague n'est qu'à une heure et demie de Paris et il est facile de téléphoner. » Je parlai à maman de ce projet : « Bien sûr! va-t'en, je n'ai pas besoin de toi », me dit-elle. Mon départ achevait de la convaincre qu'elle était hors de danger : « Ils m'ont ramenée de loin! Une péritonite à soixante-dix-huit ans! Heureusement que j'étais ici! Heureusement qu'on n'avait pas opéré mon fémur. » Son bras gauche délivré de ses bandages s'était un peu dégonflé. D'un air appliqué elle portait sa main à son visage; elle vérifiait son nez, sa bouche : « J'avais l'impression que mes yeux étaient au milieu de mes joues, et mon nez, de travers, tout en bas de ma figure. C'est curieux... »

Maman n'avait pas eu l'habitude de s'observer. Maintenant, son corps s'imposait à elle. Lestée de ce poids, elle ne planait plus dans les nuées et ne disait plus jamais rien qui me choquât. Quand elle évoquait Boucicaut, c'était pour plaindre les malades condamnées à la salle commune. Elle prenait le parti des infirmières contre la direction qui les exploitait. Malgré la dureté de son état, elle demeurait fidèle à la discrétion dont elle avait toujours fait preuve. Elle craignait d'infliger trop de travail à mademoiselle Leblon. Elle remerciait, elle s'excusait : « Tout ce sang qu'on dépense pour une vieille femme, alors que des jeunes en auraient besoin! » Elle se reprochait de me prendre du temps : « Tu as des choses à faire, et tu perds des heures ici : ça m'ennuie! » Il y avait un peu de fierté, mais aussi du remords dans sa voix quand elle disait : « Mes pauvres petites! Je vous en ai donné des émotions! Vous avez dû avoir peur. » Elle nous touchait aussi par sa sollicitude. Le jeudi matin, à peine sortie du coma, comme la femme de chambre apportait à ma sœur un petit déjeuner, elle a dit dans un souffle : « Conf... conf... — Confesseur? — Non. Confiture », se rappelant que ma sœur en prenait le matin. Elle se préoccupait de la vente de mon dernier livre. Comme mademoiselle Leblon était mise à la porte par sa propriétaire, maman a accepté, sur une suggestion de ma sœur, qu'elle s'installât dans son studio : d'ordinaire elle ne supportait pas qu'on entrât chez elle en son absence. Sa maladie avait fracassé la carapace de ses préjugés et de ses prétentions : peut-être parce qu'elle n'avait plus besoin de ces défenses. Plus question de renoncement, de sacrifice : le premier de ses devoirs était de se rétablir, donc de se soucier de soi; s'abandonnant sans scrupule à ses désirs, à ses plaisirs, elle était enfin délivrée du ressentiment. Sa beauté, son sourire ressuscités exprimaient un paisible accord avec elle-même et, sur ce lit d'agonie, une espèce de bonheur.

Nous avons remarqué, avec un peu de surprise, qu'elle n'avait pas réclamé la visite du confesseur décommandé le mardi. Bien avant son opération, elle avait dit à Marthe : « Prie pour moi, ma petite, parce que tu sais, quand on est malade on ne peut plus prier. » Sans doute était-elle trop occupée à guérir pour s'imposer les fatigues des pratiques religieuses. Le docteur N. lui dit un jour : « Pour vous remettre si vite, il faut que vous soyez bien avec le bon Dieu! — Oh! je suis très bien avec lui. Mais je n'ai pas envie d'aller le voir tout de suite. » La vie éternelle, ça signifiait sur terre la mort et elle refusait de mourir. Bien entendu, les dévots de son entourage supposaient que nous contrariions ses volontés et ils tentèrent des coups de force. Malgré la pancarte *Visites interdites* ma sœur un matin a vu la porte s'ouvrir sur la robe d'un prêtre; elle l'a vivement refoulé : « Je suis le père Avril. Je viens en ami. — N'empêche. Le costume que vous portez effraierait maman. » Le lundi, nouvelle intrusion : « Maman ne reçoit personne », a dit ma sœur en entraînant madame de Saint-Ange dans le vestibule. « Soit. Mais il faut que je discute avec vous d'un problème très grave : je connais les convictions de votre mère... — Je les connais aussi, a dit ma sœur sèchement. Maman a toute sa tête. Le jour où elle souhaitera voir un prêtre, elle en verra un. » Quand je me suis envolée pour Prague le mercredi matin, elle ne l'avait pas encore souhaité.

A midi, j'ai téléphoné. « Tu n'es donc pas partie! » m'a dit Poupette, tant elle m'entendait distinctement. Maman allait très bien; le jeudi aussi; le vendredi elle m'a parlé, flattée que je l'appelle de si loin. Elle lisait un peu et faisait des mots croisés. Le samedi je n'ai pas pu téléphoner. Le dimanche soir, à onze heures et demie, j'ai demandé le numéro des Diato. Pendant que j'attendais la communication dans ma chambre, on m'a monté un télégramme : « Maman très fatiguée. Peux-tu rentrer? » Francine m'a dit que Poupette couchait à la clinique. Je l'ai eue peu après au bout du fil : « Une journée affreuse, me dit-elle. J'ai tenu sans arrêt la main de maman qui me suppliait : ne me laisse pas partir. Elle disait : je ne reverrai pas Simone. Maintenant on lui a donné de l'équanil, elle dort. »

J'ai demandé au portier de me retenir une place dans l'avion qui décollait le lendemain à dix heures et demie. Des engagements étaient pris, Sartre me conseillait d'attendre un jour ou deux : impossible. Je ne tenais pas particulièrement à revoir maman avant sa mort; mais je ne supportais pas l'idée qu'elle ne me reverrait pas. Pourquoi accorder tant d'importance à un instant, puisqu'il n'y aura pas de mémoire? Il n'y aura pas non plus de réparation. J'ai compris pour mon propre compte, jusque dans la moelle de mes os, que dans les derniers moments d'un moribond on puisse enfermer l'absolu.

A une heure et demie, le lundi, j'entrai dans la chambre 114. Prévenue de mon retour, maman le croyait conforme à mes plans. Elle a ôté ses lunettes noires et m'a souri. Sous l'effet des calmants, elle était euphorique. Elle avait changé de visage; son teint était jaune et un pli boursouflé descendait sous l'œil droit, le long de son nez. Cependant il y avait de nouveau des fleurs sur toutes les tables. Mademoiselle Leblon était partie; maman n'avait plus besoin de garde particulière puisqu'on avait arrêté le goutte-à-goutte. Le soir de mon départ, mademoiselle Leblon avait commencé une transfusion qui devait durer deux heures : les veines surmenées supportaient moins encore le sang que le plasma. Pendant cinq minutes maman avait crié. « Arrêtez! » avait dit Poupette. L'infirmière s'était débattue : « Que dira le docteur N.? — Je prends tout sur moi. » En effet, N. avait été furieux : « La cicatrisation sera plus lente. » Il savait bien pourtant que la plaie ne se refermerait pas; elle formait une fistule par laquelle l'intestin se vidait : c'est ce qui évitait une nouvelle occlusion car le « trafic » s'était interrompu. Combien de temps maman résisterait-elle? D'après les analyses, la tumeur était un sarcome d'une extrême virulence, qui avait commencé d'essaimer dans tout l'organisme; cependant l'évolution pouvait être assez longue, étant donné son âge.

Elle me raconta ses deux dernières journées. Le samedi elle avait entamé un roman de Simenon et battu Poupette aux mots croisés : sur sa table s'entassaient des grilles qu'elle découpait dans les journaux. Le dimanche, elle avait déjeuné d'une purée de pommes de terre qui n'avait pas passé (en réalité, c'était le début des métastases qui l'avait ravagée) et elle avait fait un long cauchemar éveillé : « J'étais dans un drap bleu, au-dessus d'un trou; ta sœur tenait le drap et je la suppliais : ne me laisse pas tomber dans le trou... — Je te tiens, tu ne tomberas pas », disait Poupette. Elle avait passé la nuit, assise sur un fauteuil et maman, qui d'ordinaire se souciait de son sommeil, lui disait : « Ne dors pas; ne me laisse pas partir. Si je m'endors, réveille-moi : ne me laisse pas partir pendant que je dors. » A un moment, m'a raconté ma sœur, maman a fermé les yeux, exténuée. Ses mains ont griffé les draps et elle a articulé : « Vivre! Vivre! »

Pour lui épargner ces affres, les médecins avaient prescrit des comprimés et des piqûres d'équanil; maman les exigeait avidement. Toute la journée elle fut d'excellente humeur. Elle a encore épilogué sur l'étrangeté de ses impressions : « Il y avait un rond en face de moi qui me fatiguait. Ta sœur ne le voyait pas. Je lui disais : cache ce rond. Elle ne voyait pas de rond. » Il s'agissait d'une petite plaque métallique fixée dans le chambranle de la fenêtre et qu'on avait masquée en abaissant un peu le store, enfin réparé. Elle a reçu Chantal et Catherine et elle nous a déclaré avec satisfaction : « Le docteur P. m'a dit que j'avais été très intelligente; j'ai fait les choses d'une manière très intelligente : pendant que je me rétablis de mon opération, mon fémur se ressoude. » Le soir, j'ai proposé de remplacer ma sœur qui n'avait presque pas fermé l'œil la nuit précédente; mais maman était habituée à elle; et elle la croyait beaucoup plus compétente que moi, parce qu'elle avait soigné Lionel.

La journée du mardi se passa bien. La nuit, maman fit des cauchemars. « On me met dans une boîte » disait-elle à ma sœur. « Je suis là, mais je suis dans la boîte. Je suis moi, et ce n'est plus moi. Des hommes emportent la boîte! » Elle se débattait : « Ne les laisse pas m'emporter! » Longtemps Poupette a gardé la main posée sur son front : « Je te promets. Ils ne te mettront pas dans la boîte. » Elle a réclamé un supplément d'équanil. Sauvée enfin de ses visions, maman l'a interrogée : « Mais qu'est-ce que ça veut dire, cette boîte, ces hommes? — Ce sont des souvenirs de ton opération : des infirmiers t'emportent sur un brancard. » Maman s'est endormie. Mais le matin il y avait dans ses yeux toute la tristesse des bêtes sans défense. Quand les infirmières ont arrangé son lit, puis l'ont fait uriner à l'aide d'une sonde, elle a eu mal, elle a gémi; et elle m'a demandé d'une voix mourante : « Tu crois que je m'en sortirai? » Je l'ai grondée. Elle a interrogé timidement le docteur N. : « Vous êtes content de moi? » Il a répondu oui sans aucune conviction, mais elle s'est agrippée à cette bouée. Elle inventait toujours d'excellentes raisons pour justifier l'excès de sa fatigue. Il y avait eu la déshydratation; une purée de pommes de terre trop lourde; ce jour-là, elle reprochait aux infirmières de ne lui avoir fait la veille que trois pansements au lieu de quatre : « Le docteur N. était furieux, le soir, me dit-elle. Il leur a passé un savon! » Elle a redit plusieurs fois, complaisamment : « Il était furieux! » Son visage avait perdu sa beauté; des tics l'agitaient; de nouveau perçaient dans sa voix de la rancune et de la revendication.

« Je suis tellement fatiguée », soupirait-elle. Elle avait accepté de recevoir l'après-midi le frère de Marthe, un jeune jésuite. « Veux-tu que je le décommande? — Non. Ça fera plaisir à ta sœur. Ils parleront théologie. Je fermerai les yeux, je n'aurai pas besoin de parler. » Elle n'a pas déjeuné. Elle s'est endormie, la tête inclinée sur sa poitrine : quand Poupette a poussé la porte, elle a cru que tout était fini. Charles Cordonnier n'est resté que cinq minutes. Il a parlé des déjeuners auxquels chaque semaine son père invitait maman : « Je compte bien vous revoir boulevard Raspail un de ces jeudis. » Elle l'a regardé, incrédule et navrée : « Tu penses que j'y retournerai? » Jamais encore je n'avais vu sur son visage un tel air de malheur : ce jour-là, elle a deviné qu'elle était perdue. Nous pensions le dénouement si proche qu'à l'arrivée de Poupette je ne suis pas partie. Maman a murmuré : « C'est donc que je vais plus mal, puisque vous êtes là toutes les deux. — Nous sommes toujours là. — Pas toutes les deux ensemble. » De nouveau j'ai feint de me fâcher : « Je reste parce que tu as mauvais moral. Mais si ça ne fait que t'inquiéter, je m'en vais. — Non, non », m'a-t-elle dit d'un air penaud. Mon injuste sévérité me navrait. Au moment où la vérité l'écrasait et où elle aurait eu besoin de s'en délivrer par des paroles, nous la condamnions au silence; nous l'obligions à taire ses anxiétés, à refouler ses doutes : elle se sentait à la fois — comme si souvent dans sa vie — fautive et incomprise. Mais nous n'avions pas le choix : l'espoir était le premier de ses besoins. Chantal et Catherine ont été si effrayées par son visage qu'elles ont téléphoné à Limoges pour conseiller à leur mère de revenir.

Poupette ne tenait plus debout. J'ai décidé : « Cette nuit, c'est moi qui dormirai ici. » Maman a paru inquiète : « Tu sauras? Tu sauras me mettre la main sur le front si j'ai des cauchemars? — Mais oui. » Elle a ruminé; elle m'a regardée avec intensité : « Toi, tu me fais peur. »

J'avais toujours un peu intimidé maman à cause de l'estime intellectuelle où elle me tenait et qu'elle avait délibérément refusée à sa fille cadette. Réciproquement : très tôt, sa pudibonderie m'avait glacée. J'avais été une enfant ouverte; et puis j'avais vu vivre les grandes personnes, chacune enfermée entre ses petits murs privés; parfois elle y perçait un trou, vite rebouché :

« Elle m'a fait ses confidences », chuchotait maman, d'un air important. Ou on découvrait au-dehors une fissure : « Elle est cachottière, elle ne m'avait rien dit; mais il paraît que... » Aveux et commérages avaient quelque chose de furtif qui me répugnait et je voulus que mes remparts fussent sans faille. A maman surtout je m'appliquais à ne rien livrer, par crainte de son désarroi et par horreur de son regard. Bientôt elle n'a plus osé m'interroger. Notre brève explication sur mon incroyance nous a réclamé à toutes deux un considérable effort. J'ai eu de la peine en voyant ses larmes. Mais j'ai vite réalisé qu'elle pleurait sur son échec sans se soucier de ce qui se passait en moi. Et elle m'a cabrée en préférant la terreur à l'amitié. Une entente serait restée possible si, au lieu de demander à tout le monde des prières pour mon âme, elle m'avait donné un peu de confiance et de sympathie. Je sais maintenant ce qui l'en empêchait : elle avait trop de revanches à prendre, de blessures à panser pour se mettre à la place d'autrui. Dans ses actes, elle se sacrifiait, mais ses émotions ne la sortaient pas d'elle-même. D'ailleurs, comment aurait-elle tenté de me comprendre puisqu'elle évitait de lire dans son propre cœur? Quant à inventer une attitude qui ne nous eût pas désunies, rien ne l'y avait préparée; l'imprévu l'affolait, parce qu'on lui avait enseigné à ne jamais penser, agir, sentir qu'à travers des cadres tout faits.

Le silence entre nous est devenu tout à fait opaque. Jusqu'à la sortie de *L'Invitée* elle a presque tout ignoré de ma vie. Elle a essayé de se convaincre qu'au moins sur le chapitre des mœurs j'étais « sérieuse ». La rumeur publique a démoli ses illusions, mais, à ce moment-là, notre rapport avait changé. Elle dépendait matériellement de moi; elle ne prenait aucune décision pratique sans me consulter : j'étais le soutien de famille, en quelque sorte son fils. D'autre part j'étais un écrivain connu. Ces circonstances excusaient en partie l'irrégularité de ma vie, que d'ailleurs elle réduisait au minimum : une union libre, moins impie somme toute qu'un mariage civil. Souvent choquée par le contenu de mes livres, elle était flattée par leur succès. Mais par l'autorité qu'il me conférait à ses yeux, il aggravait son malaise. J'avais beau éviter toute discussion — ou peut-être précisément par ce que je les évitais — elle pensait que je la jugeais. Poupette, « la petite », moins respectée que moi — et qui, ayant été moins marquée par maman, n'avait pas hérité de sa raideur — avait avec elle des rapports plus libres. Elle se chargea de lui donner tous les apaisements possibles quand parurent les *Mémoires d'une jeune fille rangée*. Moi, je me bornai à lui apporter un bouquet en m'excusant d'un mot : elle en a été d'ailleurs touchée et stupéfaite. Un jour elle m'a dit : « Les parents ne comprennent pas leurs enfants, mais c'est réciproque... »; nous avons parlé de ces malentendus, mais dans leur généralité. Et nous ne sommes plus revenues sur la question. Je frappais. J'entendais un petit gémissement, le frottement de ses pantoufles sur le plancher, encore un soupir, et je me promettais que cette fois je trouverais des sujets de conversation, un terrain d'entente. Au bout de cinq minutes la partie était perdue : nous avions si peu d'intérêts communs! Je feuilletais ses livres : nous ne lisions pas les mêmes. Je la faisais parler, je l'écoutais, je commentais. Mais, parce qu'elle était ma mère, ses phrases déplaisantes me déplaisaient plus que si elles étaient sorties d'une autre bouche. Et j'étais aussi crispée qu'à vingt ans quand elle essayait — avec son ordinaire maladresse — de faire de l'intimité : « Je sais que tu ne me trouves pas intelligente. Mais, en tout cas, c'est de moi que tu tiens ta vitalité, ça me fait plaisir. » Sur ce dernier point, j'aurais de grand cœur abondé dans son sens; mais le début de sa phrase coupait mon élan. Ainsi nous paralysions-nous mutuellement. C'est tout cela qu'elle avait voulu dire en m'enveloppant de son regard : « Toi, tu me fais peur. »

J'enfilai la chemise de nuit de ma sœur, je m'étendis sur la couchette à côté du lit de maman : moi aussi, j'avais des appréhensions. La chambre devenait lugubre, au soir tombant, quand elle n'était plus éclairée que par une lampe de chevet, maman ayant fait baisser le store. Je supposais que l'obscurité en épaississait encore le funèbre mystère. En fait, cette nuit et les trois qui suivirent, je dormis mieux que chez moi, préservée de l'angoisse du téléphone et des désordres de mon imagination : j'étais là, je ne pensais à rien.

Maman n'eut pas de cauchemars. La première nuit, elle se réveilla souvent en réclamant à boire. La seconde, son coccyx la fit beaucoup souffrir; mademoiselle Cournot l'a couchée sur le côté droit : mais alors son bras la torturait. On l'a installée sur un rond de caoutchouc, ce qui soulageait l'endroit douloureux, mais risquait d'endommager la peau des fesses, si bleue, si fragile. Le vendredi, le samedi, elle dormit assez bien. Dès la journée du jeudi, grâce à l'équanil elle avait de nouveau confiance. Elle ne demandait plus : « Crois-tu que je m'en sortirai? » mais : « Crois-tu que je pourrai reprendre une vie normale? » « Ah! aujourd'hui, je te vois! me dit-elle d'une voix heureuse. Hier, je ne te voyais pas! » Le lendemain, Jeanne qui arrivait de Limoges lui a trouvé un visage moins ravagé qu'elle ne l'avait craint. Elles ont causé pendant près d'une heure. Quand elle est revenue le samedi matin avec Chantal, maman leur a dit, d'un ton guilleret : « Eh bien! ce n'est pas pour demain mon enterrement! Je vivrai jusqu'à cent ans : il faudra me tuer. » Le docteur P. était perplexe. « Avec elle on ne peut faire aucune prévision : elle a

une telle vitalité! » J'ai rapporté à maman
ce dernier mot : « Oui, j'ai de la vitalité! »
a-t-elle constaté avec satisfaction. Elle
s'étonnait un peu : les intestins ne fonc-
tionnaient plus et les médecins ne semblaient pas s'en soucier. « L'important
c'est qu'ils aient fonctionné : ça prouve
qu'ils ne sont pas paralysés. Les docteurs
sont très contents. — S'ils sont contents,
c'est le principal. »

Le samedi soir, avant de dormir, nous
avons causé. « C'est curieux », m'a-t-elle dit
d'un air rêveur, « quand je pense à mademoiselle Leblon, je la vois dans mon
appartement : c'est une espèce de manne-
quin, gonflé, sans bras, comme il y en a
dans les pressings. Le docteur P., c'est une
bande de papier noir sur mon ventre.
Alors, quand je le vois en chair et en os,
ça me semble bizarre. » Je lui ai dit : « Tu
vois, tu t'es habituée à moi : je ne te fais
plus peur. — Mais non. — Tu m'as dit
que je te faisais peur. — J'ai dit ça? On
dit de drôles de choses. »

Moi aussi, je m'étais accoutumée à
cette existence. J'arrivais à huit heures
du soir; Poupette me donnait des nouvelles
de la journée; le docteur N. passait.

100

Mademoiselle Cournot arrivait et je lisais dans le vestibule pendant qu'elle changeait le pansement. Quatre fois par jour on amenait dans la chambre une table roulante chargée de bandages, de gazes, de linge, de ouate, de sparadrap, de boîtes en fer, de cuvettes, de ciseaux; je détournais soigneusement les yeux quand elle ressortait de la pièce. Mademoiselle Cournot, aidée par une garde de ses amies, faisait la toilette de maman et l'installait pour la nuit. Je me couchais. Elle administrait à maman diverses piqûres, puis elle allait boire une tasse de café pendant que je lisais, à la lueur de la lampe de chevet. Elle revenait, elle s'asseyait près de la porte qu'elle laissait entrouverte sur le boyau d'entrée, pour avoir un peu de lumière; elle lisait et tricotait. On entendait la légère rumeur de l'appareil électrique qui faisait vibrer le matelas. Je m'endormais. A sept heures, réveil. Pendant le pansement, je tournais mon visage vers le mur, me félicitant qu'un rhume me bouchât le nez : Poupette souffrait des odeurs; moi, je ne sentais à peu près rien, sauf le parfum de cette eau de Cologne que souvent je passais sur le front et les joues de maman, et qui me paraissait douceâtre et écœurant, plus jamais je ne pourrai me servir de cette marque.

Mademoiselle Cournot partait, je m'habillais, je déjeunais. Je préparais pour maman une drogue blanchâtre, très désagréable, disait-elle, mais qui l'aidait à digérer. Puis, cuiller par cuiller, je lui donnais du thé dans lequel j'avais émietté un biscuit. La femme de chambre faisait le ménage. J'arrosais, j'arrangeais les fleurs. Souvent retentissait la sonnerie du téléphone; je me précipitais dans le vestibule; je refermais les portes derrière moi, mais je n'étais pas sûre que maman ne m'entendît pas et je parlais avec prudence. Elle riait quand je lui racontais : « Madame Raymond m'a demandé comment va ton fémur. — Elles ne doivent rien y comprendre! » Souvent aussi une infirmière m'appelait : des amies de maman, des parents venaient prendre de ses nouvelles. En général, elle n'avait pas la force de les recevoir mais elle était très contente qu'on se souciât d'elle. Je sortais pendant le pansement. Puis je la faisais déjeuner : incapable de mâcher, elle mangeait des purées, des bouillies, des hachis très fins, des compotes, des crèmes; elle s'obligeait à vider son assiette : « Je dois me nourrir. » Entre les repas, elle buvait à petites gorgées un mélange de jus de fruits frais : « Ce sont des vitamines. C'est bon pour moi. » Vers deux heures Poupette arrivait : « J'aime beaucoup cette routine », disait maman. Un jour elle nous a dit avec regret : « C'est bête! pour une fois que je vous ai toutes les deux à ma disposition, je suis malade! »

J'étais plus calme qu'avant Prague. Le passage s'était définitivement opéré de ma mère à un cadavre vivant. Le monde s'était réduit aux dimensions de sa chambre : quand je traversais Paris en taxi, je n'y voyais plus qu'un décor où circulaient des figurants. Ma vraie vie se déroulait auprès d'elle et n'avait qu'un but : la protéger. La nuit, le moindre bruit me paraissait énorme : le froissement du journal feuilleté par mademoiselle Cournot, le ronronnement d'un moteur électrique. Le jour, je marchais sur mes bas. Les allées et venues, dans l'escalier et au-dessus de nos têtes, me brisaient les tympans. Je trouvais scandaleux, entre onze heures et midi, le fracas des tables roulantes qui passaient sur le palier, chargées de plats en fer, de bidons, de gamelles qui s'entrechoquaient. J'étais furieuse quand une femme de chambre étourdie demandait à maman somnolente d'établir son menu du lendemain : lapin sauté ou poulet rôti? Et aussi quand on apportait à midi au lieu de la cervelle promise un hachis peu appétissant. Je partageais les sympathies de maman : pour mademoiselle Cournot, mademoiselle Laurent, les petites Martin et Parent; madame Gontrand me semblait à moi aussi trop bavarde : « Elle me raconte qu'elle a passé son après-midi de congé à acheter des chaussures pour sa fille : qu'est-ce que tu veux que ça me fasse? »

Nous n'aimions plus cette clinique. Souriantes, diligentes, les infirmières étaient accablées de travail, mal payées, durement traitées. Mademoiselle Cournot apportait son café : on ne lui fournissait que l'eau chaude. Les gardes ne disposaient ni d'une salle de douche, ni même d'un cabinet de toilette pour se rafraîchir et se remaquiller après une nuit blanche. Mademoiselle Cournot nous racontait, bouleversée, ses démêlés avec la surveillante.

Celle-ci lui reprocha un matin de porter des souliers marron : « Ils n'ont pas de talons. — Ils doivent être blancs. » Mademoiselle Cournot prit un air accablé : « Ne faites pas votre fatiguée avant d'avoir commencé votre journée! » cria la surveillante. Jusqu'au surlendemain, maman rabâcha cette phrase avec indignation : elle s'était toujours complu à prendre violemment parti pour les uns contre les autres. Un soir, l'amie de mademoiselle Cournot entra dans la chambre en pleurant : sa patiente avait décidé de ne plus lui adresser la parole. Les tragédies que ces jeunes filles côtoyaient professionnellement ne les aguerrissaient pas le moins du monde contre les menus drames de leur vie personnelle.

« On se sent devenir gâteux », disait Poupette. Moi, je supportais avec indifférence la niaiserie des conversations, le rituel des plaisanteries : « Quel bon tour tu as joué au professeur B.! — Avec ces lunettes noires tu ressembles à Greta Garbo! » Mais le langage pourrissait dans ma bouche. J'avais l'impression de jouer la comédie partout. Parlant à une vieille amie de son prochain déménagement, l'animation de ma voix me paraissait truquée; j'avais l'impression de faire un pieux mensonge quand j'affirmais, véridiquement, au gérant d'une brasserie : « C'était très bon. » A d'autres moments, c'était le monde qui me semblait se déguiser. Un hôtel, j'y voyais une clinique; je prenais les femmes de chambre pour des infirmières et aussi les serveuses de restaurant : elles me faisaient suivre un traitement qui consistait à manger. Je regardais les gens d'un œil neuf, obsédée par la tuyauterie compliquée qui se cachait sous leurs vêtements. Moi-même, parfois, je me changeais en une pompe aspirante et foulante ou en un système de poches et de boyaux.

Poupette vivait sur ses nerfs. J'avais de la tension, le sang à la tête. Ce qui nous éprouvait surtout, c'étaient les agonies de maman, ses résurrections, et notre propre contradiction. Dans cette course entre la souffrance et la mort, nous souhaitions avec ardeur que celle-ci arrivât la première. Pourtant, quand maman dormait, le visage inanimé, nous épiions anxieusement sur la liseuse blanche le faible mouvement du ruban noir qui retenait sa montre : la peur du spasme final nous tordait l'estomac.

Elle allait bien quand je la quittai le dimanche, au début de l'après-midi. Le lundi matin son visage étique m'effraya; il sautait aux yeux, le travail des mystérieux essaims qui, entre la peau et les os, dévoraient ses cellules. A dix heures du soir, Poupette avait glissé un papier dans la main de la garde : « Dois-je appeler ma sœur? » La garde avait fait non de la tête : le cœur tenait bon. Mais de nouvelles misères se préparaient. Madame Gontrand m'a montré le flanc droit de maman : des gouttes d'eau suintaient des pores, le drap était trempé. Elle n'urinait presque plus, un œdème gonflait sa chair. Elle regardait ses mains et remuait avec perplexité ses doigts boudinés : « C'est l'immobilité », lui dis-je.

Tranquillisée par l'équanil et la morphine, elle constatait sa fatigue mais la prenait en patience : « Ta sœur m'a dit quelque chose qui m'a été très utile, un jour où je me croyais déjà rétablie : elle m'a dit que je serais de nouveau fatiguée. Alors, je sais que c'est normal. » Elle a reçu une minute madame de Saint-Ange et elle lui a dit : « Oh! maintenant, je vais très bien! » Un sourire a découvert sa mâchoire : c'était déjà le macabre rictus d'un squelette, cependant que les yeux brillaient avec une innocence un peu fiévreuse. Après avoir mangé, elle a eu un malaise; j'ai sonné et resonné l'infirmière; ce que je désirais se réalisait, elle expirait et j'en étais affolée. Un cachet l'a ranimée.

Le soir, je l'imaginais morte, et j'avais le cœur chaviré. « Ça va plutôt mieux, localement », m'a dit Poupette le matin, et j'en ai été accablée. Maman se portait si bien qu'elle a lu quelques pages de Simenon. La nuit elle a beaucoup souffert : « J'ai mal partout! » On l'a piquée à la morphine. Quand elle a ouvert les yeux dans la journée, son regard était vitreux et j'ai pensé : « Cette fois, c'est la fin. » Elle s'est rendormie. J'ai demandé à N. : « C'est la fin? — Oh! non, m'a-t-il dit d'un ton mi-compatissant, mi-triomphant, on l'a trop bien remontée! » Alors, c'était la douleur qui allait l'emporter? *Achevez-moi. Donnez-moi mon revolver. Ayez pitié de moi.* Elle disait : « J'ai mal partout. » Elle remuait avec anxiété ses doigts enflés. Elle perdait confiance : « Ces docteurs, ils commencent à m'agacer. Ils me disent toujours que je vais mieux. Et moi je me sens plus mal. »

Je m'étais attachée à cette moribonde. Tandis que nous parlions dans la pénombre, j'apaisais un vieux regret : je reprenais le dialogue brisé pendant mon adolescence et que nos divergences et notre ressemblance ne nous avaient jamais permis de renouer. Et l'ancienne tendresse que j'avais crue tout à fait éteinte ressuscitait, depuis qu'il lui était possible de se glisser dans des mots et des gestes simples.

Je la regardais. Elle était là, présente, consciente, et complètement ignorante de l'histoire qu'elle vivait. Ne pas savoir ce qui se passe sous notre peau, c'est normal. Mais l'extérieur même de son corps lui échappait : son ventre blessé, sa fistule, les ordures qui s'en écoulaient, la couleur bleue de son épiderme, le liquide qui suintait de ses pores; elle ne pouvait pas l'explorer de ses mains presque paralysées et quand on la soignait, sa tête était renversée en arrière. Elle n'avait plus demandé de miroir : son visage de moribonde n'existait pas pour elle. Elle reposait et rêvait, à une distance infinie de sa chair pourrissante, les oreilles remplies du bruit de nos mensonges et tout entière ramassée dans un espoir passionné : guérir. J'aurais voulu lui épargner d'inutiles désagréments : « Tu n'as plus besoin de prendre cette drogue. — Il vaut mieux que je la prenne. » Et elle ingurgitait le liquide plâtreux. Elle avait peine à manger : « Ne te force pas; ça suffit, arrête-toi. — Tu crois? » Elle examinait le plat, elle hésitait : « Donne-m'en encore un peu. » A la fin j'escamotais l'assiette : « Tu l'as vidée », lui disais-je. Elle s'obligeait à avaler un yaourt, l'après-midi. Elle réclamait souvent du jus de fruits. Elle bougeait un peu ses bras, elle soulevait ses mains et les rapprochait en forme de coupe, lentement, d'un geste précautionneux, et elle saisissait en tâtonnant le verre que je continuais de tenir. Elle aspirait à travers la pipette les vitamines bienfaisantes : une bouche de goule humait avidement la vie.

Dans son visage desséché, ses yeux étaient devenus énormes; elle les écarquillait, elle les immobilisait; au prix d'un immense effort, elle s'arrachait à ses limbes pour remonter à la surface de ces lacs de lumière noire; elle s'y concentrait tout entière; elle me dévisageait avec une fixité dramatique : comme si elle venait d'inventer le regard. « Je te vois! » Il lui fallait chaque fois le reconquérir sur les ténèbres. Par lui elle s'agrippait au monde, comme ses ongles s'étaient agrippés au drap, afin de ne pas sombrer. « Vivre! Vivre! »

Que j'étais triste, ce mercredi soir, dans le taxi qui m'emportait! Je connaissais par cœur ce trajet à travers les beaux quartiers : Lancôme, Houbigant, Hermès, Lanvin. Souvent un feu rouge m'arrêtait devant la boutique de Cardin : je voyais des feutres, des gilets, des foulards, des souliers, des bottines, d'une dérisoire élégance. Plus loin, de belles robes de chambre duveteuses, aux tendres couleurs; j'avais pensé : « Je lui en achèterai une pour remplacer le peignoir rouge. » Parfums, fourrures, lingeries, bijoux : luxueuse arrogance d'un monde où la mort n'a pas sa place; mais elle était tapie derrière cette façade, dans le secret grisâtre des cliniques, des hôpitaux, des chambres closes. Et je ne connaissais plus d'autre vérité.

Le jeudi, comme chaque jour, le visage de maman m'a consternée : un peu plus creusé et tourmenté que la veille. Mais elle voyait. Elle m'a examinée : « Je te regarde. Tes cheveux sont tout bruns. — Mais oui :

tu le sais bien. — C'est que toi et ta sœur vous aviez toutes les deux une grande mèche blanche. C'était pour que je m'accroche, pour ne pas tomber. » Elle a remué ses doigts : « Ils dégonflent, n'est-ce pas? » Elle a dormi. En ouvrant les yeux, elle m'a dit : « Quand je vois une grande manchette blanche, alors je sais que je vais me réveiller. Quand je m'endors, je m'endors dans des jupons. » Quels souvenirs, quels fantasmes l'envahissaient? Elle avait toujours vécu tournée vers le monde extérieur et je m'émouvais de la voir perdue soudain en elle-même. Elle n'aimait plus qu'on l'en éloignât. Une amie, mademoiselle Vauthier, lui raconta ce jour-là, avec trop d'animation, une histoire de femme de ménage. Je l'ai vite emmenée, car maman fermait les yeux. Quand je suis revenue, elle m'a dit : « Il ne faut pas parler de ces histoires aux malades, ça ne les intéresse pas. »

J'ai passé cette nuit-là près d'elle. Autant que la douleur elle craignait les cauchemars. Quand le docteur N. est venu, elle a réclamé : « Qu'on me pique, autant qu'il faut », et elle imitait le geste de l'infirmière qui lance l'aiguille. « Ah! ah! vous

allez devenir une vraie droguée! » a dit N.,
et sur un ton badin : « Je pourrai vous
fournir de la morphine à des prix très
avantageux. » Son visage s'est fermé, et il
m'a jeté d'une voix dure : « Il y a deux
points sur lesquels un médecin qui se res-
pecte ne transige pas : la drogue et l'avor-
tement. »

Le vendredi s'est écoulé sans histoire. Le
samedi, maman a dormi tout le temps :
« C'est bien, lui a dit Poupette. Tu t'es
reposée. » Maman a soupiré : « Aujour-
d'hui, je n'ai pas vécu. »

Dur travail, de mourir, quand on aime
si fort la vie. « Elle peut tenir deux ou trois
mois », nous ont dit les médecins, ce soir-là.
Alors, il fallait nous organiser, habituer
maman à passer quelques heures sans nous.
Son mari étant arrivé à Paris la veille, ma
sœur décida de laisser maman seule cette
nuit avec mademoiselle Cournot. Elle viendrait dans la matinée; Marthe vers deux
heures et demie; moi à cinq heures.

A cinq heures j'ai poussé la porte. Le
store était baissé, il faisait presque noir.
Marthe tenait la main de maman, écrou-
lée sur le côté droit, l'air fourbue, pitoyable : les escarres de sa fesse gauche

étaient à vif; ainsi couchée, elle souffrait moins, mais l'inconfort de sa position la brisait. Elle avait attendu la visite de Poupette et de Lionel jusqu'à onze heures, dans l'angoisse, parce qu'on avait oublié d'épingler à son drap le cordon de la sonnette : le bouton était hors de sa portée, elle n'avait aucun moyen d'appeler. Son amie, madame Tardieu, était passée la voir, mais maman avait tout de même dit à ma sœur : « Tu me laisses livrée aux bêtes! » (Elle détestait les infirmières du dimanche.) Et puis elle avait reconquis assez d'entrain pour taquiner Lionel : « Vous espériez être débarrassé de la belle-mère? Eh bien! ce n'est pas encore pour cette fois. » Restée seule pendant une heure, après son déjeuner, l'angoisse l'avait ressaisie. Elle me dit d'une voix fébrile : « Il ne faut pas me laisser seule, je suis encore trop faible. Il ne faut pas me laisser livrée aux bêtes! — On ne te laissera plus. »

Marthe est partie, maman s'est endormie et réveillée en sursaut : elle avait mal à la fesse droite. Madame Gontrand a changé son installation. Elle a continué à se plaindre. J'ai voulu de nouveau sonner : « Inutile. Ça sera encore madame

114

Gontrand. Elle ne sait pas. » Les douleurs de maman n'avaient rien d'imaginaire, les causes en étaient organiques et précises. Pourtant, au-dessous d'un certain seuil, les gestes de mademoiselle Parent ou de mademoiselle Martin les calmaient; identiques, ceux de madame Gontrand ne la soulageaient pas. Elle s'est cependant rendormie. A six heures et demie elle a pris, avec plaisir, du bouillon, de la crème. Et brusquement, elle a crié, la fesse gauche en feu. Rien d'étonnant. Son corps écorché baignait dans l'acide urique qui suintait de sa peau; les infirmières se brûlaient les doigts quand elles changeaient son alèse. J'ai sonné et resonné, en panique : que les secondes étaient longues! Je tenais la main de maman, je touchais son front, je parlais : « On va te faire une piqûre. Tu n'auras plus mal. Une minute. Rien qu'une minute. » Crispée, au bord du hurlement, elle gémissait : « Ça me brûle, c'est affreux, je ne peux pas tenir. Je ne tiendrai pas. » Et dans un demi-sanglot : « Je suis trop malheureuse », avec cette voix d'enfant qui me déchirait. Comme elle était seule! Je la touchais, je lui parlais, mais impossible d'entrer dans sa souffrance. Son cœur

s'affolait, ses yeux chaviraient, j'ai pensé :
« Elle meurt » et elle a murmuré : « Je vais
m'évanouir. » Enfin madame Gontrand lui
a fait une piqûre de morphine. Sans résultat. J'ai encore sonné. J'étais terrifiée à
l'idée que la douleur aurait pu se déclen-
cher le matin, quand maman n'avait personne auprès d'elle ni aucun moyen d'appeler : plus question de la quitter une minute.
Cette fois les infirmières ont donné à maman de l'équanil, changé son alèse, enduit
ses plaies d'une pommade qui mettait sur
leurs mains des reflets métalliques. La brûlure a disparu; elle n'avait duré qu'un
quart d'heure : une éternité. *Il a hurlé
pendant des heures*. « C'est bête, disait maman. C'est si bête! » Oui : bête à pleurer.
Je ne comprenais plus les médecins, ni ma
sœur, ni moi. Ces instants de vaine torture, rien au monde ne pourrait les justifier.

Le lundi matin je parlai avec Poupette
au téléphone : la fin était proche. L'œdème
ne se résorbait pas; le ventre ne se refer-
mait pas. Les médecins avaient dit aux
infirmières qu'il ne restait qu'à abrutir
maman de calmants.

A deux heures, devant la porte 114, je

trouvai ma sœur, hors d'elle. Elle avait dit à mademoiselle Martin : « Ne laissez pas maman souffrir comme hier. — Mais, madame, si on fait tant de piqûres, simplement pour des escarres, le jour des grandes douleurs la morphine n'agira plus. » Pressée de questions, elle avait expliqué qu'en général, dans les cas analogues à celui de maman, le malade meurt dans des tourments abominables. *Ayez pitié de moi. Achevez-moi.* Le docteur P. avait donc menti? Me procurer un revolver, abattre maman; l'étrangler. Romantiques et vaines visions. Mais il m'était aussi impossible de m'imaginer entendant pendant des heures maman hurler. « Allons parler à P. » Il arrivait et nous l'avons harponné : « Vous avez promis qu'elle ne souffrirait pas. — Elle ne souffrira pas. » Il nous fit remarquer que si on avait voulu à tout prix la prolonger et lui assurer une semaine de martyre, il aurait fallu une nouvelle opération, des transfusions, des piqûres remontantes. Oui. Même N. avait dit à Poupette le matin : « Nous avons fait tout ce qu'il fallait faire tant qu'il restait une chance. Maintenant, essayer de ralentir sa mort, ce serait du sadisme. » Mais cette abstention ne nous

117

suffisait pas. Nous demandâmes à P. : « La morphine empêchera les grandes douleurs? — On lui donnera les doses nécessaires. » Il avait parlé avec fermeté et il nous inspirait confiance. Nous nous sommes calmées. Il est entré dans la chambre de maman pour lui refaire son pansement : « Elle dort, lui avons-nous dit. — Elle ne s'apercevra même pas de ma présence. » Sans doute dormait-elle encore quand il est sorti. Mais, me rappelant ses angoisses de la veille, j'ai dit à Poupette : « Il ne faudrait pas qu'elle ouvre les yeux et se retrouve seule. » Ma sœur a poussé la porte; elle s'est retournée vers moi, blême, et elle s'est abattue sur la banquette en sanglotant : « J'ai vu son ventre! » J'ai été lui chercher de l'équanil. Quand le docteur P. est revenu, elle lui a dit : « J'ai vu son ventre! c'est affreux! — Mais non, c'est normal », a-t-il répondu avec un peu d'embarras. Poupette m'a dit : « Elle pourrit vivante » et je ne lui ai pas posé de question. Nous avons causé. Puis je me suis assise au chevet de maman : je l'aurais crue morte sans le faible halètement du cordonnet noir sur la blancheur de la liseuse. Vers six heures elle a soulevé les paupières :

« Mais quelle heure est-il? Je ne comprends pas. C'est déjà la nuit? — Tu as dormi tout l'après-midi. — J'ai dormi quarante-huit heures! — Mais non. » Je lui ai rappelé les événements de la veille. Elle regardait au loin, à travers la vitre, les ténèbres et les enseignes au néon : « Je ne comprends pas », répéta-t-elle d'un air offensé. Je lui ai parlé des visites et des coups de téléphone que j'avais reçus pour elle. « Ça m'est égal », m'a-t-elle dit. Elle ruminait son étonnement : « J'ai entendu les médecins; ils disaient : il faut l'abrutir. » Pour une fois, ils avaient manqué de vigilance. J'ai expliqué : inutile de souffrir comme la veille; on la ferait beaucoup dormir en attendant que ses escarres se soient cicatrisées. « Oui, m'a-t-elle dit avec reproche, mais je perds des jours. »

« Aujourd'hui, je n'ai pas vécu. — Je perds des jours. » Chaque journée gardait pour elle une valeur irremplaçable. Et elle allait mourir. Elle l'ignorait : mais moi je savais. En son nom, je ne me résignais pas.

Elle a bu un peu de bouillon et nous avons attendu Poupette : « Elle se fatigue à dormir ici, a dit maman. — Mais non. » Elle a soupiré : « Ça m'est égal. » Et après

119

un instant de réflexion : « Ce qui m'inquiète, c'est que tout m'est égal. » Avant de se rendormir elle m'a demandé, d'un air soupçonneux : « Mais est-ce qu'on peut comme ça abrutir les gens ? » Était-ce une protestation ? Je crois plutôt qu'elle souhaitait que je la rassure : sa torpeur était artificiellement provoquée et n'indiquait pas un déclin.

Quand mademoiselle Cournot est entrée, maman a soulevé ses paupières. Ses yeux ont roulé dans ses orbites, elle a accommodé son regard, elle a dévisagé la garde avec une gravité plus poignante encore que celle de l'enfant qui découvre le monde : « Vous, qui êtes-vous ? — C'est mademoiselle Cournot. — Pourquoi êtes-vous là, à cette heure-ci ? — C'est la nuit », lui ai-je redit. Ses yeux écarquillés interrogeaient mademoiselle Cournot : « Mais pourquoi ? — Vous savez bien : je passe toutes les nuits assise à côté de vous. » Maman a dit avec une ombre de blâme : « Tiens ! quelle drôle d'idée ! » Je me suis préparée à partir. « Tu pars ? — Ça t'ennuie que je parte ? » Elle m'a répondu de nouveau : « Ça m'est égal. Tout m'est égal. »

Je ne suis pas partie tout de suite ; les

infirmières de jour disaient que maman ne passerait sans doute pas la nuit. Le pouls sautait de 48 à 100. Il s'est stabilisé vers dix heures. Poupette s'est couchée; je suis rentrée chez moi. J'étais sûre à présent que P. ne nous avait pas abusées. Maman s'éteindrait d'ici un jour ou deux sans trop souffrir.

Elle se réveilla lucide. Dès qu'elle avait mal on la calmait. J'arrivai à trois heures; elle dormait, avec Chantal à son chevet : « Pauvre Chantal, m'a-t-elle dit un peu plus tard. Elle a tant à faire, et je lui prends son temps. — Mais ça lui fait plaisir. Elle t'aime tant. » Maman a médité; d'un air surpris et navré elle m'a dit : « Moi, je ne sais plus si j'aime personne. »

Je me rappelais sa fierté : « On m'aime parce que je suis gaie. » Peu à peu, beaucoup de gens lui étaient devenus importuns. Maintenant son cœur s'était tout à fait engourdi : la fatigue lui avait tout pris. Et pourtant, aucun de ses mots les plus affectueux ne m'avait autant touchée que cette déclaration d'indifférence. Autrefois, les formules apprises, les gestes convenus éclipsaient ses vrais sentiments. J'en mesurais la chaleur au froid que laissait en elle leur absence.

Elle s'est endormie, le souffle si imperceptible que j'ai rêvé : « S'il pouvait s'arrêter, sans secousse. » Mais le cordonnet noir se soulevait, retombait : le saut ne serait pas si facile. Je l'ai réveillée à cinq heures comme elle l'avait exigé, pour lui donner un yaourt : « Ta sœur y tient : c'est bon pour moi. » Elle en a mangé deux ou trois cuillerées : je pensais à ces nourritures qu'en certains lieux on dépose sur les tombes des défunts. Je lui ai fait respirer une rose que Catherine avait apportée la veille : « La dernière rose de Meyrignac. » Elle n'y a jeté qu'un coup d'œil distrait. Elle s'est replongée dans le sommeil; elle en a été arrachée par une brûlure à la fesse. Piqûre de morphine : sans résultat. Comme l'avant-veille, je tenais sa main, je l'exhortais : « Une minute. La piqûre va agir. Dans une minute c'est fini. — C'est un supplice chinois », a-t-elle dit d'un ton neutre, trop affaiblie même pour protester. J'ai de nouveau sonné, insisté : seconde piqûre. La petite Parent a arrangé le lit, déplacé un peu maman qui s'est rendormie, les mains glacées. La femme

122

de chambre a grommelé parce que j'ai renvoyé le dîner qu'elle apportait à six heures : implacable routine des cliniques où l'agonie, la mort sont des incidents quotidiens. A sept heures et demie, maman m'a dit : « Ah! maintenant, je me sens bien. Vraiment bien. Il y a longtemps que je ne m'étais pas sentie aussi bien. » La fille aînée de Jeanne est arrivée et m'a aidée à lui faire absorber un peu de bouillon et de crème au café. C'était difficile, parce qu'elle toussait : un début d'étouffement. Poupette et mademoiselle Cournot m'ont conseillé de partir. Il n'arriverait sans doute rien cette nuit même et ma présence inquiéterait maman. Je l'ai embrassée, et elle m'a dit avec un de ses hideux sourires : « Je suis contente que tu m'aies vue tellement bien! »

Je me suis couchée à minuit et demi, après avoir pris du belladénal. Je me suis réveillée : le téléphone sonnait : « Il n'y en a plus que pour quelques minutes. Marcel vient te chercher en auto. » Marcel — le cousin de Lionel — m'a fait traverser à toute allure Paris désert. Nous avons avalé un café au comptoir d'un bistrot qui rougeoyait près de la porte Champerret. Poupette est venue au-devant de nous dans le jardin de la clinique : « C'est fini. » Nous sommes montés. C'était tellement attendu, et tellement inconcevable, ce cadavre couché sur le lit à la place de maman. Sa main, son front étaient froids. C'était elle encore, et à jamais son absence. Une gaze soutenait le menton, encadrant son visage inerte. Ma sœur voulait aller chercher des vêtements rue Blomet : « A quoi bon? — Il paraît que ça se fait. — Nous ne le ferons pas. » Je n'imaginais pas d'habiller maman avec une robe et des souliers comme si elle allait dîner en ville; et je ne pensais pas qu'elle l'eût souhaité : elle avait souvent déclaré qu'elle se désintéressait de sa dépouille. « Il n'y a qu'à lui mettre une de ses longues chemises de nuit », ai-je dit à mademoiselle Cournot. « Et son alliance? » a demandé Poupette en prenant l'anneau dans le tiroir de la table. Nous la lui avons passée au doigt. Pourquoi? Sans doute parce qu'il n'y avait aucune place sur terre pour ce petit cercle d'or.

Poupette était à bout de forces. Après un dernier regard à ce qui n'était plus maman je l'ai emmenée très vite. Nous avons bu un verre avec Marcel au bar du Dôme. Elle a raconté.

A neuf heures, N. est sorti de la chambre et il a dit d'un air furieux : « Encore une agrafe qui a sauté. Après tout ce qu'on a fait pour elle : c'est vexant! » Il est parti, laissant ma sœur abasourdie. En dépit de ses mains glacées, maman se plaignait d'avoir trop chaud et elle respirait avec un peu de peine. On lui a fait une piqûre et elle s'est endormie. Poupette s'est déshabillée, couchée, et a feint de lire un roman policier. Vers minuit, maman s'est agitée. Poupette et la garde se sont approchées de son lit. Elle a ouvert les yeux : « Que faites-vous là, pourquoi avez-vous l'air anxieuses? Je vais très bien. — C'est que tu as fait un cauchemar. » En arrangeant ses draps, mademoiselle Cournot a touché ses pieds : le froid de la mort les avait gagnés. Ma sœur a hésité à m'appeler. Mais ma présence, à cette heure, aurait effrayé maman qui gardait toute sa lucidité. Elle s'est recouchée. A une heure maman a de nouveau bougé. D'une voix mutine, elle a murmuré les mots d'une vieille rengaine que papa chantait : « Tu t'en vas et tu nous quittes. » Poupette a dit : « Mais non, je ne te quitte pas », et maman a eu un petit sourire entendu. Elle avait de plus en plus de mal à respirer. Après une nouvelle piqûre, elle a murmuré d'une voix un peu pâteuse : « Il faut... réserver... l'armore. — Il faut réserver l'armoire? — Non, a dit maman. La Mort. » En appuyant très fort sur le mot : mort. Elle a ajouté : « Je ne veux pas mourir. — Mais tu es guérie! » Ensuite elle a un peu divagué : « J'aurais voulu avoir le temps de présenter mon livre... Il faut qu'elle donne le sein à qui elle veut. » Ma sœur s'est habillée : maman avait à peu près perdu conscience. Elle a crié soudain : « J'étouffe. » La bouche s'est ouverte, les yeux se sont dilatés, immenses dans ce visage vidé de sa chair : dans un spasme elle est entrée dans le coma. « Allez téléphoner », a dit mademoiselle Cournot. Poupette m'a appelée, je n'ai pas répondu. La standardiste a insisté pendant une demi-heure avant que je ne me réveille. Pendant ce temps Poupette était revenue près de maman, déjà absente; le cœur battait, elle respirait, assise, les yeux vitreux, sans rien voir. Et ç'a été fini : « Les docteurs disaient qu'elle s'éteindrait comme

une bougie : ce n'est pas ça, pas ça du
tout, a dit ma sœur en sanglotant. —
Mais, madame, a répondu la garde, je
vous assure que ç'a été une mort très
douce. »

Toute sa vie maman avait redouté le cancer, et peut-être le craignait-elle encore, à la clinique, quand on l'avait radiographiée. Après l'intervention, pas un instant elle n'y a pensé. A certains jours, elle a eu peur de ne pas survivre à un choc trop rude pour son âge. Mais le doute ne l'a pas effleurée : on l'avait opérée d'une péritonite, sérieuse, mais guérissable.

Ce qui nous a étonnées bien davantage, c'est qu'elle n'ait jamais réclamé la visite d'un prêtre, pas même le jour où elle se désolait : « Je ne reverrai pas Simone! » Elle n'a pas sorti de son tiroir le missel, le crucifix, le rosaire que Marthe lui avait apportés. Jeanne a suggéré un matin : « C'est dimanche aujourd'hui, tante Françoise; vous n'avez pas envie de communier? — Oh! ma petite, je suis trop fatiguée pour prier; Dieu est bon! » Madame

Tardieu lui a demandé avec plus d'insistance, en présence de Poupette, si elle ne voulait pas recevoir son confesseur; le visage de maman s'est durci : « Trop fatiguée »; et elle a fermé les yeux pour clore la conversation. Après la visite d'une autre vieille amie, elle a dit à Jeanne : « Cette pauvre Louise, elle me pose de drôles de questions : elle m'a demandé s'il y avait un aumônier dans la clinique. Tu comprends ce que je m'en fiche! »

Madame de Saint-Ange nous harcelait : « Puisqu'elle est angoissée, elle devrait désirer les consolations de la religion. — Elle ne les désire pas. — Elle nous avait fait promettre, à moi et à d'autres amies, de l'aider à bien mourir. — Pour l'instant, ce qu'elle veut, c'est qu'on l'aide à guérir. » On nous blâmait. Sans doute n'empêchions-nous pas maman de recevoir les derniers sacrements, mais nous ne les lui imposions pas. Nous aurions dû l'avertir : « Tu as un cancer. Tu vas mourir. » Certaines bigotes l'auraient fait, j'en suis sûre, si nous les avions laissées seules avec elle. (J'aurais redouté à leur place de susciter chez maman un péché de révolte qui lui eût valu des siècles de purgatoire.) Maman ne désirait pas ces tête-à-tête. Elle souhaitait, autour de son lit, de jeunes sourires : « Des vieilles comme moi, j'aurai le temps d'en voir quand je serai dans une maison de retraite », disait-elle à ses petites-nièces. Elle se sentait en sécurité avec Jeanne, Marthe, deux ou trois amies pieuses mais compréhensives et qui approuvaient nos mensonges. Elle se méfiait des autres et parlait de certaines d'entre elles d'un ton rancuneux : comme si, avec un surprenant instinct, elle avait deviné quelles présences risquaient de troubler son repos : « Ces dames du Cercle, je n'irai pas les revoir. Je ne retournerai pas là-bas. »

Des gens vont penser : « Sa foi n'était que superficielle et verbale puisqu'elle n'a pas tenu devant la souffrance et la mort. » Je ne sais pas ce que c'est que la foi. Mais la religion était le pivot et la substance même de sa vie : les papiers trouvés dans ses tiroirs nous l'ont confirmé. Si elle n'avait vu dans la prière qu'un ronron mécanique, cela ne l'aurait pas plus fatiguée d'égrener son chapelet que de faire des mots croisés. Son abstention me convainc au contraire que prier était pour elle un exercice qui exigeait de l'attention,

130

de la réflexion, un certain état d'âme. Elle savait ce qu'elle aurait dû dire à Dieu : « Guérissez-moi. Mais que votre volonté soit faite : j'accepte de mourir. » Elle n'acceptait pas. En ce moment de vérité, elle ne voulait pas prononcer des mots insincères. Elle ne s'accordait pas cependant le droit de se rebeller. Elle se taisait : « Dieu est bon. »

« Je ne comprends pas », m'a dit mademoiselle Vauthier, effarée. « Votre maman qui est si croyante, si pieuse : et elle a tellement peur de la mort ! » Ignorait-elle que des saintes sont mortes, hurlantes et convulsées ? Maman d'ailleurs ne craignait ni Dieu ni le diable : seulement de quitter la terre. Ma grand-mère s'est vue partir. Elle a dit d'un air content : « Je vais manger un dernier petit œuf à la coque, et puis j'irai retrouver Gustave. » Elle n'avait jamais mis beaucoup d'ardeur à vivre ; à quatre-vingt-quatre ans, elle végétait avec morosité : mourir ne la dérangeait pas. Mon père n'a pas montré moins de courage : « Demande à ta mère de ne pas faire venir de prêtre. Je ne veux pas jouer de comédie », m'a-t-il dit. Et il m'a donné des instructions sur certaines questions pratiques. Ruiné, aigri, il a accepté le néant

aussi sereinement que bonne-maman le pa-
radis. Maman aimait la vie comme je l'aime
et elle éprouvait devant la mort la même
révolte que moi. J'ai reçu pendant son
agonie beaucoup de lettres qui commen-
taient mon dernier livre : « Si vous n'aviez
pas perdu la foi, la mort ne vous effraierait
pas tant », m'écrivaient, avec une fielleuse
commisération, des dévots. Des lecteurs
bienveillants m'exhortaient : « Disparaître,
ce n'est rien : votre œuvre restera. » Et
à tous je répondais en moi-même qu'ils se
trompaient. La religion ne pouvait pas
plus pour ma mère que pour moi l'espoir
d'un succès posthume. Qu'on l'imagine
céleste ou terrestre, l'immortalité, quand
on tient à la vie, ne console pas de la
mort.

Que serait-il arrivé si le médecin de maman avait décelé le cancer dès les premiers symptômes? Sans doute l'aurait-on combattu par des rayons et maman aurait vécu deux ou trois années de plus. Mais elle aurait connu ou du moins soupçonné la nature de son mal et elle aurait passé la fin de son existence dans les affres. Ce que nous avons déploré, c'est que l'erreur du médecin nous eût abusées; sinon le bonheur de maman serait devenu notre premier souci. Les empêchements de Jeanne et de Poupette, au cours de l'été, n'auraient pas compté. Je l'aurais vue davantage, je lui aurais inventé des plaisirs.

Et faut-il ou non regretter que les docteurs l'aient réanimée et opérée? Elle a « gagné » trente jours, elle qui ne voulait pas en perdre un seul; ils lui ont apporté des joies : mais aussi de l'anxiété et des souffrances. Puisqu'elle a échappé au martyre dont je l'ai crue parfois menacée, je ne saurais pas décider en son nom. Pour ma sœur, perdre maman le jour même où elle la retrouvait, ç'aurait été un choc dont elle se serait mal relevée. Et moi? Ces quatre semaines m'ont laissé des images, des cauchemars, des tristesses que je n'aurais pas connues si maman s'était éteinte le mercredi matin. Mais je ne peux pas mesurer l'ébranlement que j'en aurais ressenti puisque mon chagrin a explosé d'une manière que je n'avais pas prévue. Nous avons tiré de ce sursis un bénéfice certain : il nous a sauvées — ou presque — du remords. Quand quelqu'un de cher disparaît, nous payons de mille regrets poignants la faute de survivre. Sa mort nous découvre sa singularité unique; il devient vaste comme le monde que son absence anéantit pour lui, que sa présence faisait exister tout entier; il nous semble qu'il aurait dû tenir plus de place dans notre vie : à la limite toute la place. Nous nous arrachons à ce vertige : il n'était qu'un individu parmi d'autres. Mais comme on ne fait jamais tout son possible, pour personne — même dans les limites, contestables, qu'on s'est fixées — il nous reste encore bien des reproches à nous adresser. A l'égard de maman nous étions surtout coupables, ces dernières années, de négligences, d'omissions, d'abstentions. Il nous a semblé les avoir rachetées par ces journées que nous lui avons consacrées, par la paix que lui donnait notre présence, par les victoires remportées contre la peur et la douleur. Sans notre vigilance têtue, elle aurait souffert bien davantage.

Car en effet, par comparaison, sa mort a été douce. « Ne me laissez pas livrée aux bêtes. » Je pensais à tous ceux qui ne peuvent adresser cet appel à personne : quelle angoisse de se sentir une chose sans défense, tout entière à la merci de médecins indifférents et d'infirmières surmenées. Pas de main sur leur front quand la terreur les prend; pas de calmant dès que la douleur les tenaille; pas de babillage menteur pour combler le silence du néant. « En vingt-quatre heures, elle a vieilli de quarante ans. » Cette phrase-là aussi m'avait obsédée. Il y a encore aujourd'hui — pourquoi? — d'horribles agonies. Et puis, dans les salles communes, quand approche la dernière heure, on entoure d'un paravent le lit du moribond; il a vu ce paravent autour d'autres lits qui le lendemain étaient vides : il sait. J'imaginais maman, aveuglée pendant des heures par ce noir soleil que nul ne peut regarder en face : l'épouvante de ses yeux écarquillés, aux pupilles dilatées. Elle a eu une mort très douce; une mort de privilégiée.

Poupette a couché chez moi. A dix heures du matin nous sommes retournées à la clinique : comme dans les hôtels, la chambre devait être débarrassée avant midi. Encore une fois nous avons monté l'escalier, poussé deux portes : le lit était vide. Les murs, la fenêtre, les lampes, les meubles, chaque chose à sa place, et sur la blancheur du drap, rien. Prévoir, ce n'est pas savoir : le coup a été aussi brutal que si nous ne nous y étions pas attendues. Nous avons sorti du placard les valises et entassé dedans les livres, le linge, des objets de toilette, des papiers : six semaines d'une intimité pourrie par la trahison. Nous avons laissé la robe de chambre rouge. Nous avons traversé le jardin. Quelque part, au fond, cachée dans les verdures se trouvait une morgue, et à l'intérieur le cadavre de maman avec sa mentonnière. Poupette, qui avait subi — par sa propre volonté et aussi par hasard — les chocs les plus rudes, était trop brisée pour que je lui suggère d'aller le revoir. Et je n'étais pas sûre d'en avoir envie.

Nous avons posé les valises rue Blomet, chez la concierge. Nous avons aperçu une entreprise de pompes funèbres : « Autant là qu'ailleurs. » Deux messieurs en noir se sont enquis de nos désirs. Ils nous ont montré, sur des photographies, divers modèles de cercueil : « Celui-ci est plus esthétique. » Poupette s'est mise à rire et à sangloter : « Plus esthétique! Cette boîte! elle ne voulait pas qu'on la mette dans cette boîte! » L'enterrement a été fixé au surlendemain vendredi. Souhaitions-nous des fleurs? Nous avons dit oui, sans savoir pourquoi : ni croix, ni couronne, mais une grosse gerbe. Parfait : ils se chargeaient de tout. L'après-midi nous avons monté les valises dans l'appartement; mademoiselle Leblon l'avait transformé; plus propre, plus gai, nous l'avons à peine reconnu : tant mieux. Nous avons enfoui dans une armoire le sac contenant la liseuse et les chemises de nuit, rangé les livres, jeté l'eau de Cologne, les bonbons, des affaires de toilette, et rapporté le reste chez moi. La nuit, j'ai eu du mal à m'endormir. Je ne regrettais pas d'avoir quitté maman sur ces derniers mots : « Je suis contente que tu m'aies vue si bien. » Mais je me reprochais d'avoir abandonné trop hâtivement son cadavre. Elle disait, et ma sœur aussi : « Un cadavre, ce n'est plus rien. » Cependant c'était sa chair, ses os et pendant quelque temps encore son visage. Mon père, j'étais restée près de lui jusqu'au moment où il était devenu pour moi une chose; j'avais apprivoisé le passage de la présence au néant. Maman, j'étais partie presque tout de suite après l'avoir embrassée et c'est pourquoi il me semblait que c'était encore sa personne qui gisait, solitaire, dans le froid d'une morgue. La mise en bière avait lieu le lendemain après-midi : y assisterais-je?

J'ai été à la clinique, vers quatre heures, pour régler la note. Il était arrivé du courrier pour maman et un sac de pâtes de fruits. Je suis montée dire adieu aux infirmières. J'ai trouvé les petites Martin et Parent, rieuses, dans le corridor. J'avais la gorge nouée, j'ai eu peine à m'arracher deux mots. J'ai passé devant la porte du 114; on avait ôté l'écriteau : *Visites interdites*. Dans le jardin, j'ai hésité un instant : le courage m'a manqué; et à quoi bon? Je suis partie. J'ai revu la boutique de Cardin et les belles robes de chambre. Je me disais que je ne m'assiérais plus dans le vestibule, je ne soulèverais plus le récepteur blanc, je ne ferais plus ce trajet; j'aurais allégrement rompu avec ces habitudes si maman avait été guérie; mais j'en gardais la nostalgie puisque c'est en la perdant que je les avais perdues.

Nous voulions distribuer des souvenirs à ses intimes. Devant le sac de paille, rempli de pelotes de laine et d'un tricot inachevé, devant son buvard, ses ciseaux, son dé, l'émotion nous a submergées. C'est connu le pouvoir des objets : la vie s'y pétrifie, plus présente qu'en aucun de ses instants. Ils gisaient sur ma table, orphelins, inutiles, en attendant de se changer en déchets, ou de retrouver un autre état civil : mon nécessaire, qui me vient de tante Françoise. Nous destinions sa montre à Marthe. En détachant le cordonnet noir, Poupette s'est mise à pleurer : « C'est idiot, je ne suis pourtant pas fétichiste mais je ne peux pas jeter ce ruban. — Garde-le. » Inutile de prétendre intégrer la mort à la vie et se conduire de manière rationnelle en face d'une chose qui ne l'est pas : que chacun se débrouille à sa guise dans la confusion de ses sentiments. Je comprends toutes les dernières volontés, et aussi qu'on n'en ait aucune; qu'on serre des ossements dans ses bras, ou bien qu'on abandonne le corps de l'être qu'on aime à la fosse commune. Si ma sœur avait tenu à habiller maman ou désiré garder son alliance, j'aurais aussi bien admis ses réactions que les miennes. Pour les obsèques, nous n'avions pas eu de question à nous poser. Nous pensions connaître les désirs de maman et nous nous y étions conformées.

Nous nous trouvions d'ailleurs aux prises avec de macabres difficultés. Nous possédions au Père-Lachaise une concession perpétuelle, achetée cent trente ans plus tôt par une dame Mignot, sœur de notre arrière-grand-père. Elle y était enterrée, ainsi que grand-père, sa femme, son frère, mon oncle Gaston, papa. Il n'y restait plus de place. En pareil cas, on inhume le défunt dans une tombe provisoire et, après avoir rassemblé les ossements de ses prédécesseurs dans un seul cercueil, on l'ensevelit dans le caveau de famille. Seulement, comme le terrain du cimetière vaut très cher, l'administration s'efforce de récupérer les concessions perpétuelles : elle exige du propriétaire qu'il renouvelle tous les trente ans l'affirmation de ses droits. Le délai était écoulé. On ne nous avait pas notifié en temps voulu que nous risquions de les perdre, nous les conservions donc : à condition qu'il n'existât aucun descendant des Mignot susceptible de nous les disputer. En attendant qu'un notaire en eût fait la preuve, le corps de maman serait gardé dans un dépôt.

Nous redoutions la cérémonie du lendemain. Nous avons pris des tranquillisants, dormi jusqu'à sept heures, bu du thé, mangé, et repris des tranquillisants. Un peu avant huit heures, un fourgon noir s'est arrêté dans la rue déserte : il avait été avant l'aube chercher le corps qu'on avait fait sortir de la clinique par une porte dérobée. Nous avons traversé la froide brume du matin, nous nous sommes assises, Poupette entre le chauffeur et un des messieurs Durand, moi au fond, à côté d'une espèce de caisson métallique : « Elle est là ? » a demandé ma sœur. « Oui. » Elle

142

a eu un bref sanglot : « La seule chose qui me console », m'a-t-elle dit, « c'est que moi aussi je passerai par là. Sans ça, ça serait trop injuste! » Oui. Nous assistions à la répétition générale de notre propre enterrement. Le malheur, c'est que cette aventure commune à tous, chacun la vit seul. Nous n'avions pas quitté maman pendant cette agonie qu'elle confondait avec une convalescence et nous avions été radicalement séparées d'elle.

Pendant la traversée de Paris, je regardai les rues, les gens, en prenant soin de ne penser à rien. Des autos attendaient à la porte du cimetière : la famille. Elles nous ont suivis jusqu'à la chapelle. Tout le monde est descendu. Pendant que les croque-morts sortaient le cercueil, j'ai entraîné Poupette vers la sœur de maman, au visage rougi de chagrin. Nous sommes entrés en cortège; la chapelle était pleine de monde. Pas de fleurs sur le catafalque, les entrepreneurs les avaient laissées dans le fourgon : c'était sans importance.

Un jeune prêtre, en pantalon sous sa chasuble, a dit la messe et fait un bref discours, d'une étrange tristesse : « Dieu est très loin », a-t-il dit. « Même pour ceux d'entre vous dont la foi est le plus solide, il y a des jours où Dieu est si loin qu'il semble absent. On pourrait même le dire négligent. Mais il nous a envoyé son fils. » On a disposé deux prie-Dieu pour la communion. Presque tout le monde a communié. Le prêtre a encore un peu parlé. Et toutes les deux, l'émotion nous poignait quand il prononçait : « Françoise de Beauvoir »; ces mots la ressuscitaient, ils totalisaient sa vie, de l'enfance au mariage, au veuvage, au cercueil; Françoise de Beauvoir : elle devenait un personnage, cette femme effacée, si rarement nommée.

Les gens ont défilé; quelques femmes pleuraient. Nous étions encore en train de serrer des mains quand les croque-morts ont sorti la bière de la chapelle; cette fois Poupette l'a vue et s'est effondrée sur mon épaule : « Je lui avais promis qu'on ne la mettrait pas dans cette boîte! » Je me félicitai qu'elle n'eût pas à se rappeler cette autre prière : « Ne me laisse pas tomber dans le trou! » Un des messieurs Durand a expliqué aux assistants qu'il ne leur restait qu'à se disperser. Le corbillard s'est ébranlé, tout seul, je ne sais même pas où il est allé.

Dans un buvard que j'avais rapporté de la clinique j'ai trouvé, sur une étroite bande de papier, deux lignes que maman avait tracées, d'une écriture aussi raide et ferme qu'à vingt ans : « Je veux un enterrement très simple. Ni fleurs ni couronnes. Mais beaucoup de prières. » Eh bien! nous avions exécuté ses dernières volontés, et d'autant plus fidèlement que les fleurs avaient été oubliées.

Pourquoi la mort de ma mère m'a-t-elle si vivement secouée? Depuis que j'avais quitté la maison, elle ne m'avait inspiré que peu d'élans. Quand elle avait perdu papa, l'intensité et la simplicité de son chagrin m'avaient remuée, et aussi sa sollicitude : « Pense à toi », me disait-elle, supposant que je retenais mes larmes pour ne pas aggraver sa peine. Un an plus tard, l'agonie de sa mère lui avait douloureusement rappelé celle de son mari : le jour de l'enterrement, elle fut retenue au lit par une dépression nerveuse. J'avais passé la nuit à son côté; oubliant mon dégoût pour ce lit nuptial où j'étais née, où mon père était mort, je l'avais regardée dormir; à cinquante-cinq ans, les yeux fermés, le visage apaisé, elle était encore belle; j'admirais que la violence de ses émotions l'eût emporté sur sa volonté.

D'ordinaire je pensais à elle avec indifférence. Pourtant, dans mon sommeil — alors que mon père apparaissait très rarement et d'une manière anodine — elle jouait souvent le rôle essentiel : elle se confondait avec Sartre, et nous étions heureuses ensemble. Et puis le rêve tournait au cauchemar : pourquoi habitais-je de nouveau avec elle? Comment étais-je retombée sous sa coupe? Notre relation ancienne survivait donc en moi sous sa double figure : une dépendance chérie et détestée. Elle a ressuscité dans toute sa force quand l'accident de maman, sa maladie, sa fin eurent cassé la routine qui réglait à présent nos rapports. Derrière ceux qui quittent ce monde, le temps s'anéantit; et plus j'avance en âge, plus mon passé se contracte. La « petite maman chérie » de mes dix ans ne se distingue plus de la femme hostile qui opprima mon adolescence; je les ai pleurées toutes les deux en pleurant ma vieille mère. La tristesse de notre échec, dont je croyais avoir pris mon parti, m'est revenue au cœur. Je regarde nos deux photographies, qui datent de la même époque. J'ai dix-huit ans, elle approche de la quarantaine.

Je pourrais presque, aujourd'hui, être sa mère et la grand-mère de cette jeune fille aux yeux tristes. Elles me font pitié, moi parce que je suis si jeune et que je ne comprends pas, elle parce que son avenir est fermé et qu'elle n'a jamais rien compris. Mais je ne saurais pas leur donner de conseil. Il n'était pas en mon pouvoir d'effacer les malheurs d'enfance qui condamnaient maman à me rendre malheureuse et à en souffrir en retour. Car si elle a empoisonné plusieurs années de ma vie, sans l'avoir concerté je le lui ai bien rendu. Elle s'est tourmentée pour mon âme. En ce monde-ci, elle était contente de mes réussites, mais péniblement affectée par le scandale que je suscitais dans son milieu. Il ne lui était pas agréable d'entendre un cousin déclarer : « Simone est la honte de la famille. »

Les changements survenus chez maman pendant sa maladie ont exaspéré mes regrets. Je l'ai dit déjà : dotée d'un tempérament robuste et ardent, elle s'était détraquée et rendue incommode par ses renoncements. Alitée, elle avait décidé de vivre pour son compte et elle gardait cependant un constant souci d'autrui : de ses conflits était née une harmonie. Mon père coïncidait exactement avec son personnage social : sa classe et lui-même parlaient par sa bouche d'une seule voix. Ses dernières paroles — « Toi, tu as gagné ta vie de bonne heure : ta sœur m'a coûté cher » — décourageaient les larmes. Ma mère était engoncée dans une idéologie spiritualiste; mais elle avait pour la vie une passion animale qui était la source de son courage et qui, quand elle a connu le poids de son corps, l'a rapprochée de la vérité. Elle s'est débarrassée des poncifs qui masquaient ce qu'il y avait en elle de sincère et d'attachant. Alors j'ai senti la chaleur d'une tendresse que la jalousie avait souvent défigurée et qu'elle avait su si mal exprimer. J'en ai trouvé, dans ses papiers, de touchants témoignages. Elle avait mis de côté deux lettres, écrites l'une par un jésuite, l'autre par une amie et qui l'assuraient qu'un jour je reviendrais à Dieu. Elle avait recopié de sa main un passage de Chamson, où il dit en substance : si à vingt ans j'avais rencontré un aîné prestigieux qui m'eût parlé de Nietzsche, de Gide, de liberté, j'aurais rompu avec le foyer paternel. Ce dossier était complété par un article découpé dans un journal : *Jean-Paul Sartre a sauvé une âme*. Rémy Roure y raconte — ce qui est d'ailleurs faux — qu'après la représentation de *Bariona*, au Stalag XII D, un médecin athée s'était converti. Je sais bien ce qu'elle demandait à ces textes : être rassurée sur mon compte; mais elle n'en aurait pas éprouvé le besoin si elle n'avait eu de mon salut un souci cuisant. « Bien sûr, je voudrais aller au ciel : mais pas toute seule, pas sans mes filles », a-t-elle écrit à une jeune religieuse.

Il arrive, très rarement, que l'amour, l'amitié, la camaraderie surmontent la solitude de la mort; malgré les apparences, même lorsque je tenais la main de maman, je n'étais pas avec elle : je lui mentais. Parce qu'elle avait toujours été mystifiée, cette suprême mystification m'était odieuse. Je me rendais complice du destin qui lui faisait violence. Pourtant, dans chaque cellule de mon corps, je m'unissais à son refus, à sa révolte : c'est pour cela aussi que sa défaite m'a terrassée. Bien que j'aie été absente quand elle a expiré — alors que par trois fois j'avais assisté aux derniers instants d'un agonisant —

c'est à son chevet que j'ai vu la Mort des danses macabres, grimaçante et narquoise, la Mort des contes de veillée qui frappe à la porte, une faux à la main, la Mort qui vient d'ailleurs, étrangère, inhumaine : elle avait le visage même de maman découvrant sa mâchoire dans un grand sourire d'ignorance.

« Il a bien l'âge de mourir. » Tristesse des vieillards, leur exil : la plupart ne pensent pas que pour eux cet âge ait sonné. Moi aussi, et même à propos de ma mère, j'ai utilisé ce cliché. Je ne comprenais pas qu'on pût pleurer avec sincérité un parent, un aïeul de plus de soixante-dix ans. Si je rencontrais une femme de cinquante ans accablée parce qu'elle venait de perdre sa mère, je la tenais pour une névrosée : nous sommes tous mortels; à quatre-vingts ans on est bien assez vieux pour faire un mort...

Mais non. On ne meurt pas d'être né, ni d'avoir vécu, ni de vieillesse. On meurt de *quelque chose*. Savoir ma mère vouée par son âge à une fin prochaine n'a pas atténué l'horrible surprise : elle avait un sarcome. Un cancer, une embolie, une congestion pulmonaire : c'est aussi brutal et imprévu que l'arrêt d'un moteur en plein ciel. Ma mère encourageait à l'optimisme lorsque, percluse, moribonde, elle affirmait le prix infini de chaque instant; mais aussi son vain acharnement déchirait le rideau rassurant de la banalité quotidienne. Il n'y a pas de mort naturelle : rien de ce qui arrive à l'homme n'est jamais naturel puisque sa présence met le monde en question. Tous les hommes sont mortels : mais pour chaque homme sa mort est un accident et, même s'il la connaît et y consent, une violence indue.

DU MÊME AUTEUR

Aux Éditions Gallimard

Romans

L'INVITÉE (1943).

LE SANG DES AUTRES (1945).

TOUS LES HOMMES SONT MORTELS (1946).

LES MANDARINS (1954).

LES BELLES IMAGES (1966).

QUAND PRIME LE SPIRITUEL (1979).

Récit

UNE MORT TRÈS DOUCE (1964).

Nouvelle

LA FEMME ROMPUE (1968).

Théâtre

LES BOUCHES INUTILES (1945).

Essais – Littérature

PYRRHUS ET CINÉAS (1944).

POUR UNE MORALE DE L'AMBIGUÏTÉ (1947).

L'AMÉRIQUE AU JOUR LE JOUR (1948).

LE DEUXIÈME SEXE, I ET II (1949).

PRIVILÈGES (1955). (Repris dans la coll. Idées sous le titre
   FAUT-IL BRÛLER SADE?).

LA LONGUE MARCHE, *essai sur la Chine* (1957).

MÉMOIRES D'UNE JEUNE FILLE RANGÉE (1958).

LA FORCE DE L'ÂGE (1960).

LA FORCE DES CHOSES (1963).

LA VIEILLESSE (1970).

TOUT COMPTE FAIT (1972).

LES ÉCRITS DE SIMONE DE BEAUVOIR (1979).
par Claude Francis et Fernande Gontier.

LA CÉRÉMONIE DES ADIEUX suivi de ENTRE-
TIENS AVEC JEAN-PAUL SARTRE, août-septembre
1974 (1981)

Témoignage

DJAMILA BOUPACHA (1962).
en collaboration avec Gisèle Halimi.

Scénario

SIMONE DE BEAUVOIR (1979), un film de Josée Dayan
et Malka Ribowska, réalisé par Josée Dayan.

*Cet ouvrage a été composé
et achevé d'imprimer par l'Imprimerie Floch
à Mayenne, le 28 novembre 1984.
Dépôt légal : novembre 1984.
1er dépôt légal dans la même collection : juin 1972.
Numéro d'imprimeur : 22526.*

ISBN 2-07-036137-3 / Imprimé en France.